István Fekete

Immer im Kreis

István Fekete

Immer im Kreis

St. Benno-Verlag GmbH Leipzig

Aus dem Ungarischen übersetzt von
Heinrich Weissling
Ausgewählt und herausgegeben von
Heinrich Weissling und Theresia Solf

Die Erzählungen wurden folgenden ungarischen
Originalausgaben entnommen:
Búcsú, Szent István Társulat, Budapest 1979
Ködös utak, Szépirodalmi Könyvkiadó, Budapest 1979
Tarka rét, Móra Ferenc Könyvkiadó, Budapest 1973

ISBN 3-7462-0252-3

1. Auflage 1988
Lizenznummer 480/81/88
LSV 6520
Printed in the German Democratic Republic
Einbandgestaltung: Renate Schiwek, Leipzig
Satz und Reproduktion: Druckerei Neues Deutschland, Berlin
Druck und buchbinderische Weiterverarbeitung:
Druckwerkstätten Stollberg
00720

Inhalt

Ein Wort zuvor

In Ungarn zählt István Fekete nach neuesten Erhebungen zu den meistgelesenen Autoren. Kein Wunder, daß er sich auch bei uns schon die Herzen vieler Leser erworben hat. Die schlichten Erzählungen in unserem Titel „Das fehlende Jahr" machten besonders den älteren Lesern viel Freude. Vermutlich fanden sie sich selbst wieder in diesen Kindheitserinnerungen des 1970 verstorbenen ungarischen Schriftstellers.

Um nun die Lesefreude noch zu erhöhen, wollen wir mit dem zweiten Erzählband von Fekete eine Buchreihe in Großdruck beginnen, denn immer wieder ist die Klage zu hören, daß jetzt, wo Zeit und Gelegenheit zum Lesen da wären, es die Augen nicht mehr tun wollten bei der kleinen Schrift, in der unsere Bücher gedruckt würden.

Dieser zweite Erzählband von István Fekete begleitet uns mit seinen Geschichten durch das Jahr. Die Zeiten des bäuerlichen Jahres wie die des Kirchenjahres werden zum deutenden Gleichnis. „Immer im Kreis" scheint sich alles zu bewegen: der Jahreslauf, Werden und Vergehen in der Natur, das Leben des

Menschen. Und doch wächst der Mensch von einem inneren Kern her wie der Baum. Es sind keine einförmigen, sich ständig wiederholenden Kreise, sondern Lebensringe, geprägt von Freud und Leid, Schuld und Vergebung.

István Fekete, der 1900 in einem Dorf südlich des Plattensees geboren wurde und später eine Hochschule für Agrarwissenschaften besuchte und lange in der Forstwirtschaft arbeitete, ist das Leben in der Natur vertraut. Das ist auf jeder Seite zu spüren. Die Natur und die in ihr und mit ihr lebenden Menschen spiegeln sich in einer gütigen, empfindsamen Dichterseele. Über allem liegt der Zauber alter Volkspoesie, wo noch alles eine Stimme hat und von jedem, der einfältigen und reinen Herzens ist, verstanden werden kann. Wir begegnen hier einer bis heute lebendigen Tradition des Erzählens, die in den Volksmärchen ihre Wurzel hat.

Glauben, Leben und Umwelt sind auf eine so selbstverständliche Weise miteinander verbunden, daß der Eindruck einer „heilen Welt“ entsteht. Aber sie ist nicht heil, sondern sie ist nur aus der Perspektive gesehen, wie Weise ihre Vergangenheit betrachten: wissend, einfühlsam und mit einem Humor, der sich in der Härte des Lebens bewähren mußte.

Ist es nicht eine Haltung, die auch unseren alten Tagen den Zauber des Unwiderstehlichen verleihen könnte?

Die Herausgeber

ZUR JAHRESWENDE

Es ist Mitternacht. Die Wege sind verschneit, und die endlose Zeit schreitet weiter. Die letzten Stunden im alten Jahr. Brausender Wind fegt durch die Nacht. Nichts gibt es, was sich ihm in den Weg stellt, und die erstarrten Pappeln klammern sich entsetzt in der frostigen Erde fest.

Es ist Mitternacht. Geisterstunde. Das Geläut unsichtbarer Schlitten erklingt auf unbekannten Wegen, und im Vorhof des Herrn jenseits der Wolken stehen zwei Wanderer vor dem sternenumglänzten Thron. Der eine ist ein Greis mit struppigem, weißem Bart, der andere ein Jüngling.

„Ich habe mein Werk vollendet, Herr", sagt der Greis, „entlaß deinen Diener." Und er legt Schnappsack und Stab nieder. „Von Januar bis Dezember bin ich die irdischen Wege gegangen und habe allem den Stempel deines Antlitzes aufgedrückt. Ich habe die Stunden und Tage weitergerückt, Keime sprießen lassen und reife Körner eingeholt, Knospen zum Blühen gebracht und die Früchte geerntet.

Die Hügel alter Gräber habe ich plattgedrückt, morsche Kreuze umgeworfen, die Friedhöfe vergrößert.

Aber ich war auch auf dem Brautbett, Herr, und habe den Rausch der Liebe mit gleichem Maß gemessen wie die Schmerzen bei der Geburt.

Die Flüsse haben neue Inseln angeschwemmt und alte weggetragen. Auf den Gipfeln der Berge hat sich neuer Schnee getürmt und ist wieder geschmolzen. Im Schlund der Täler sind neue Quellen entstanden, auf die alten aber habe ich Steine gewälzt – nach deiner Weisung.

Alles ist dir anheimgegeben, Herr, das Werden und das Vergehen; nur du, Herr, bist unverändert von Anbeginn.“

Der Jüngling hebt den Stab und den Schnappsack auf. Im gleichen Augenblick verwandelt sich der abgenützte Knüppel in einen stahlharten Knotenstock, und der zerschlissene Tornister wird neu und schwillt von unsichtbarem Reisegepäck dick an.

„Ich begebe mich auf den Weg, Herr“, sagt er, „wie du befohlen hast. Den Inhalt meines Schnappsackes werde ich in der irdischen Welt ausstreuen. Ich bringe das Eis zum Schmelzen, hülle die Bäume in Blüten, lasse reiche Ähren reifen, schüttle in der herbstlichen Flur die Blätter von den Bäumen und breite dann den Mantel des Winters über die träumende Flur.

Nur eine Bitte gewähr mir, Herr. Gib, daß der blühende Lenz lange währt, der reifende Sommer freigebig wird, heiter der Herbst mit seiner Weinlese und geruhsam der Winter bei vollen Kammern, dank dessen, was du mir in meinen Schnappsack gepackt hast. Ich werde ein Jahr lang die Zeit verkörpern, Herr, in deiner Welt. Gestatte, daß ich langsam bin, wenn die Minuten sich in Freude verwandeln, und schnell, wenn ich Leid verteilen, deine Geschöpfe mit Tränen und kühler Vergänglichkeit überdecken muß."

Der Herr nickt: Die Welt jenseits der Wolken erstrahlt. Der Wanderer bricht auf, auf weglosen Pfaden des Sternenmeeres hinunter zur Erde.

EIN MAISKORN

Auf dem Boden roch die Stille nach Schimmel und Vergänglichkeit, schwer hingen die Spinnenweben von den Dachlatten herunter.

Ein Fenster gab es hier nicht, und im Halbdunkel bewegte sich von früh bis abends nur ein kleiner, glänzender Strahl, denn an einem Ziegel fehlte eine Ecke, und durch dieses Loch schien die Sonne herein.

Der schmale, kleine Strahl war wie ein Uhrzeiger. Am Morgen begann er seinen Weg an der alten Wiege, und bis er in die Ecke gelangte, wo es immer dunkel war, war es Abend geworden.

In der Zwischenzeit wanderte er über einen Spielzeugwagen, einen Sensenbaum, einen Henkelkorb, eine zerbrochene Lampe, einen zerschlissenen Mantel und über ein Bild. Auf dem Bild konnte man nur einen Soldaten erkennen, der das aufgepflanzte Bajonett auf jemanden richtete, aber der Feind blieb unsichtbar, denn der Weg des wandernden, schwachen Sonnenstrahls war begrenzt. Und manchmal blieb er ganz aus. Dann wußten die Bewohner des Dachbodens, daß es draußen regnete oder Wolken den Himmel bedeckten.

Wenn es regnete, erfuhren sie dies auch von der Schüssel, die zu sprechen begann; die Schüssel stand unter dem Loch, und Frau Cseresznyés hatte sie aufgestellt, damit das Regenwasser nicht in die Wohnung lief. Die Schüssel füllte sich von Zeit zu Zeit; Frau Cseresznyés schüttete dann das Wasser hinaus auf den Hof, und das alte Gefäß begann mit frischer, blecherner Stimme die Regentropfen von vorn zu zählen.

Im vergangenen Jahr wohnte auch eine Fledermaus auf dem Boden, aber sie schien einen besseren Fleck gefunden zu haben, denn eines Tages war sie nicht zurückgekehrt, obwohl sich die alten Bewohner an ihren huschenden, abendlichen Ausflug gewöhnt hatten.

Es konnte auch sein, daß sie Angst vor der Kälte hatte, denn der Winter stand bevor. Der Dachboden war sehr kalt. Wegen des regnerischen Herbstes hatte die Sonne lange nicht auf den Boden geschienen.

„Draußen ist Winter“, sagte der Mantel, „vielleicht holt man mich wieder.“

Aber niemand kam. Der Wind trug Schnee auf das Dach, und die Krah-Rufe der Krähen hörten sich an, als kämen sie unten aus dem Keller, obwohl die Vögel hoch über das Haus flogen.

„Im Frühjahr braucht man mich vielleicht

wieder", sagte die Wiege. „Ihr seid alle schon alt ... und ich liebe die Jugend."

Da vernahm man von der Wand her ein Krabbeln, und die Wiege verstummte.

„Wer da?" fragte energisch der Soldat. „Wer da?"

„Verzeihung", sagte eine dünne Stimme, „ich bin es, Piep, die Maus. Unten habe ich keine Ruhe vor der Katze, so dachte ich, ihr laßt mich herein." Und sie lief den Boden entlang, zeigte sich dem Soldaten, der Wiege und all den anderen.

„Kannst bleiben", erwiderte der Soldat, aber die anderen sagten nichts, denn der Schnee auf dem Dach kam ins Rutschen, die kleine Öffnung wurde frei, und durch den Spalt drang gleich einem dünnen, goldenen Zweig ein Sonnenstrahl in das Halbdunkel. In seiner Spur folgten fröhliche Stimmen. Tauben gurrten, Kinder lärmten irgendwo, und eine Elster ließ sich mit rauhem Schrei auf dem Hausdach nieder.

Die kleine Maus saß blinzelnd im Lichtbündel, denn die Sonne schien gerade auf sie. Das winterliche Schauern wich, und ihr graues Fell glättete sich, ihr Bart fibrierte und spürte die Wärme.

„Es ist Frühling", flüsterte sie, „Frühling ..."

Doch da verschwand der Sonnenstrahl,

denn die Elster war an den Spalt geflogen und schaute forschend auf den Boden hinab.

Da duckte sich die Maus schon unter dem Mantel.

Die Elster war aus dem Kornspeicher gekommen, wo sie sich mit Maiskörnern vollgefressen hatte, aber sie dachte auch an die Zukunft und brachte im Schnabel ein Korn mit, um es irgendwo zu verstecken.

„Ist hier jemand?“ fragte sie leise. Der Boden war halbdunkel und still. Das kam der Elster verdächtig vor. Sie steckte den Kopf durch das Loch, und in diesem Augenblick sagte Jancsi Csibi zu Jóska Cseresznyés:

„Jetzt wirf! Jetzt hat sie den Kopf drin.“

Der Stein schlug laut auf dem Dachziegel auf, die Elster flog erschrocken hoch, das Maiskorn aber fiel mit leisem Aufschlag auf den Boden.

Der Soldat auf dem Bild faßte das Bajonett fester.

„Was war das? Hat man geschossen? ... Ja, man hat geschossen“, sagte er später, „ich habe die Kugel deutlich gehört ...“

Aber niemand antwortete ihm. Der goldene Uhrzeiger des Sonnenstrahls zog langsam auf die Ecke zu, und die kleine Maus wagte sich erst nach geraumer Zeit wieder hervor.

„Ich war sehr erschrocken“, sagte sie. „Aber

wie kommt denn das hierher?“ Sie beschnupperte das Maiskorn von allen Seiten.

Doch das Maiskorn schlief seinen Winterschlaf und dachte nicht daran, daß es vielleicht nie mehr erwachen würde.

„Ein schönes, großes Maiskorn“, flüsterte die Maus und schaute auf den Soldaten, der bekannt war wegen seiner Redlichkeit. Der Soldat jedoch spähte in die Dunkelheit und bemerkte nicht, wie die Maus das Maiskorn packte und mit ihm auf das Loch zurannte, aus dem sie gekommen war.

Am Loch verharrte sie für einen Augenblick, und sie wäre schon beinahe hineingehuscht, als sie noch rechtzeitig die lauernde Katze gewahrte. Vor Schreck ließ sie das Maiskorn fallen, es fiel in das Loch, von dort auf die Bodentreppe und rollte – klapp, klapp – hinunter in die Kammer. Die Katze blickte ihm gelangweilt hinterher und lauerte bis zum Abend auf die Maus.

Doch da war es bereits dunkel auf dem Dachboden. Es schlief die Wiege und träumte von einem kleinen Kind, und es schlief der Soldat, denn nun hatte er nichts mehr vom Feind zu befürchten.

Aber auch draußen war es dunkel. Auf der Pappel schlummerte die Elster und dachte an das verlorene Maiskorn. Nur die kleine Maus schlief nicht; hungrig huschte sie auf dem Dachboden hin und her und schaute nur von weitem nach dem Loch, wo die bösen, grünen Augen der Katze über dem Maiskorn wachten.

Frau Cseresznyés aber fegte in der Frühe die Kammer, denn der nahende Frühling weckt in den Frauen und in den Vögeln einen besonderen Reinigungstrieb.

Die harten Besenreiser versetzten dem Maiskorn einen kräftigen Stoß, ließen es in die Luft springen und zwischen die Kartoffeln fallen.

Frau Cseresznyés betrachtete die Kartoffeln und sagte: „Man müßte sie entkeimen und die faulen auslesen ...“

Davon wußten aber weder das Maiskorn noch die Kartoffeln. Die violettweißen Keime der Kartoffeln strebten auf die Tür zu, wo ein wenig Helligkeit durchdrang, das Maiskorn aber schlief und dachte nicht im Traum daran, daß seine Zeit bald gekommen sei.

Die Tage aber vergingen.

Auf dem Dachboden strichen sie still dahin. Der Uhrzeiger des Sonnenstrahls war oft von der Wiege zur dunklen Ecke gerückt, als unverhofft Frau Cseresznyés mit einer jungen Frau heraufkam.

„Hier steht sie, Julcsa, wenn sie dir gut genug ist ...“

Und als Julcsa die Wiege berührte, schien sich das abgenützte, wurmstichige Holz zu verjüngen. Die Wiege fing an zu schaukeln, und die junge Frau sah sie an wie der Vogel sein Nest.

„Wirst uns dafür etwas helfen“, sagte Frau Cseresznyés, „brauchst sie auch nicht wieder zurückzubringen ... Sei vorsichtig auf dieser wackligen Stiege!“

Und sie gingen in die Kammer hinunter, wo die Kartoffeln schon in Säcken standen. Man wartete nur auf den Wagen, der sie hinaus aufs Feld brachte. Gestern hatte man sie ausgelesen, die großen zur Seite getan und die mittleren in Säcke gefüllt.

Und nun lauschten die Kartoffeln in den Säcken erschrocken.

„Wird man uns essen?“

„Das kann passieren“, sagten die daheimbleibenden Dicken überheblich und krochen in ihrem Haufen eng zusammen, als gingen sie die Gehenden nichts an. Sie bekamen erst einen Schrecken, als der alte Cseresznyés gegen Abend mit einem rußgeschwärzten Kessel eintrat und ihn mit großen Kartoffeln füllte.

„Die sind nur noch für die Schweine gut“, brummte er, und die zurückgebliebenen Dikken hörten erschrocken, daß in der Küche das Feuer prasselte, mit dünner Stimme der

Dampf zischte und in ihren Gefährten wallend die Keime starben.

Die Saatkartoffeln aber gingen auf Reisen. Der Wagen holperte, durch die Säcke drang die Nachmittagssonne. In der Luft schwebte Erdgeruch, und die Familie Cseresznyés begleitete den Wagen.

„Kartoffeln?" riefen ihnen manche zu, die entgegenkamen, obwohl nichts anderes in den Säcken sein konnte.

„Kartoffeln. Wir stecken sie heute." Und in Gedanken bereiteten sie bereits das Nest in der lockeren Erde und deckten die Kartoffeln zu wie nachts die Kinder, wenn sie frieren.

Der Wagen holperte. Der Pfeifenrauch des Kutschers schwebte über den Säcken dahin, das Joch knarrte, und jedermann wußte, daß Familie Cseresznyés zum Kartoffelnlegen fuhr. Nur das wußte niemand, daß sie mit den Kartoffeln ein Maiskorn in einen ihrer Säcke geschaufelt hatten, aber das wußte auch das Maiskorn nicht. Es schlief.

Der Wagen fuhr auf dem Feldweg. Er holperte nicht mehr. Die Speichen knarrten, als unterhielten sie sich. Über den Saaten flogen Lerchen, Hacken schaukelten auf den Schultern.

„Vielleicht wird es ein Junge", sagte Julcsa nachdenklich. Sie war gekommen, um die

Wiege abzuarbeiten. Frau Cseresznyés antwortete erst nach einer Weile.

„Sicher bekommst du auch noch einen Jungen."

Und das Gras rauschte, wenn die Röcke beim Schreiten darüber strichen. Worte fielen dann bis zum Abend kaum noch.

Die Hacken hoben Nester aus, man legte die Kartoffeln hinein und bedeckte sie mit Erde. Bis sich die Sonne ein rotes Tuch um den Kopf band, war auch die letzte Knolle in ihrem Nest.

„Schüttelt die Säcke aus!"

Knatternd wurden die Säcke ausgeschüttelt, und aus einem Sack fiel das Maiskorn heraus. Niemand gewahrte es. Staub stieg aus den Säcken auf, die Erde schwieg, die Hacken klirrten, und alle setzten sich auf den Wagen.

Julcsa bekam ihren Platz neben dem Kutscher. Er hatte neben sich einen Sitz aus Stroh gemacht.

„Setz dich hierher", sagte er, „da rüttelt es nicht so sehr ..."

Der Wagen fuhr dahin, und über der Flur blieb die Stille zurück. Zwischen den Bäumen am Wegesrand erhob sich leise der Wind, und man hörte nicht, als sich die Kartoffeln in ihren Erdnestern bewegten.

„Wir werden fruchtbar sein.“ Sie seufzten tief, und dann umschloß sie die Erde.

Es wurde Abend. Der Wind legte sich, die Erde träumte. Später ging der Mond auf und schaute spöttisch über die Felder wie ein nächtlicher Zecher über die von der Arbeit in Schlaf gesunkene Stadt.

Er lugte zum alten Dachboden hinein und forschte nach Geheimnissen, obwohl es für das Alter keine Geheimnisse mehr gibt.

Da lagen der abgetragene Mantel, die zerbeulte Schüssel, die zerbrochene Lampe, und da stand mit aufgepflanztem Bajonett der Soldat, den das blasse Licht des Mondes geweckt hatte.

Aber nichts ereignete sich.

Der Mond zog weiter, und die kleine Maus lief über den Boden.

„Wo ist die Wiege?“ fragte sie. „Wo ist die Wiege?“

„Das Vaterland braucht Soldaten“, fuhr der Krieger sie an, „und jetzt laß uns schlafen, denn man hat schon zum Zapfenstreich geblasen.“

Die Maus verstummte erschrocken und begann dann leise an dem alten Stiefelschaft zu nagen, und dabei dachte sie an das Maiskorn, das sie hatte fallen lassen.

Das Maiskorn aber lag still auf dem Kartoffelacker, neben einer kleinen Scholle, und es wußte nicht, daß sich inzwischen ein heftiger Wind erhoben hatte. Er blies lockere Erde auf seine gelbe Schale, dann setzte Regen ein und schwemmte das Körnlein in den Boden.

Das Maiskorn wußte nichts von alldem. Und es hatte auch nicht bemerkt, daß es inzwischen Morgen geworden war.

Aber später, als die Sonne wärmend durch seine aufgeweichte Schale drang und die Erde schützend den vom Regen angeschwollenen Keim umschloß, erwachte das Maiskorn.

Und es dachte an den vergangenen Herbst, entsann sich, daß es Geschwister hatte und daß sie allesamt über der Erde herangewachsen waren. Es spürte, daß es Kinder bekommen würde, einst, irgendwo, im tiefen Bett der erahnten, nebelhaften Zeit.

Ein geheimnisvolles Zittern erfaßte das Körnlein, das alles übertraf, was es bis jetzt kannte; das Pulsieren des Werdens setzte ein: das Leben.

Das kleine Maiskorn begann zu leben. Die Wärme der Liebe breitete sich in ihm aus, und die Härte der winterlichen Schrumpfung gab nach.

Das harte Korn wurde weich, das Mehl verwandelte sich in Milch, die Schale wurde zur Wiege, in der der sprießende kleine Keim der Sonne entgegenstrebte.

Aus dem Keim bildete sich dann ein kleines Blatt, und so wie es wuchs, verzehrte sich das Maiskorn, ernährte sich doch das kleine Blatt aus ihm.

Und das Maiskorn wurde aufgezehrt, ohne zu verschwinden, denn es fühlte sich selbst wieder zum Leben erwachen. Unter seinen Wurzeln spürte es die alte leere Schale, und es schob sich aufwärts, denn es wußte, daß sich das Leben oben, über der Erde, erfüllte.

Diese Nacht hatte es ein wenig geregnet, die Erde war weich, und der neue Tag brach gerade an, als das grüne Blättchen ans Tageslicht kroch.

„Oh! ..."

Rechts und links von ihm Fremde. Andere Pflanzen mit runden Blättern.

Es brachte kaum ein Wort hervor. Es entsann sich nicht mehr, daß es einst ein gelbes Korn gewesen war – im Schnabel der Elster, im Mäulchen der Maus, im Sack zwischen den Kartoffeln.

„Oh! Bist du auch diese Nacht ...?"

„Ich bin schon gestern herausgekommen", wisperte das eine Pflänzchen, „aber du bist nicht unseresgleichen ..."

„Nein. Ich bin ein Maispflänzchen ... und du?"

„Ich aber bin die Kartoffel, wie alle ringsum

auch, bis auf das Unkraut – aber mit dem haben wir nichts zu schaffen ... Wo ist deine Sippe?"

„Ich weiß es nicht, ich bin allein."

„Nicht schlimm, hier hast du einen guten Platz. Uns schadest du nicht, und wir schaden dir auch nicht. Jetzt geht die Sonne auf, hast du sie noch nie gesehen?"

„Nein", antwortete das Maispflänzchen und drehte sein taufeuchtes kleines Blatt der Sonne zu.

Da ließen sich zwei Krähen auf dem Kartoffelacker nieder. Sie sahen sich um und zogen auf Jagd.

„Gestern hatte ich Glück", sagte die eine, „ich habe drei Mäuse gefangen."

„Hier?" fragte die andere.

„Ja. Aber jetzt sind kaum noch Käfer zu sehen ... Gedeihen deine Jungen?"

„Sie wachsen schön, das Nest ist fast zu eng, und wieviel die fressen können!"

Am Kartoffelfeld floß ein Bach vorbei. An seinem Ufer standen Weiden und Pappeln; auf einer Pappel grüßte flötend ein Pirol die Sonne.

„Hörst du's?" zeigte eine Krähe neidisch mit dem Kopf nach ihm. „Er musiziert schon ..."

„Zigeunerpack! Aber vor dem Winter reißt er aus."

Der Pirol saß hoch oben auf einem Zweig und hörte nicht, was die Krähen sprachen. Singend grüßte er die Sonne, und ihre Strahlen vergoldeten sein gelbes Kleid.

Die Krähen schritten auf dem Kartoffelfeld entlang, und sie blickten nur auf, wenn eine Turteltaube oder eine Ringeltaube über sie hinwegstrich.

Die Sonne aber stieg höher, und die kleine Maispflanze konnte sich nicht satt sehen an ihr. In ihrem blassen Blättchen begannen sich die Fasern zu kräftigen, ihre Wurzeln suchten nach Nahrung in der Erde.

Und da lief plötzlich ein Schaudern über das Pflänzchen. Unter einem Kartoffelblatt kroch eine große, nackte Raupe hervor. Sie hatte Warzen auf ihrer grauen Haut und strebte schnurstracks einer anderen Kartoffelstaude zu.

„Was willst du?“ fragte die Kartoffel. Die Raupe antwortete nicht, sie kroch auf das Kartoffelblatt und wollte hineinbeißen, aber das Blatt war haarig und schmeckte nicht. Es zitterte, als würde es sich vor der Raupe ekeln.

„Was willst du?“ fragte es erneut, aber die Raupe wandte sich schon von ihm ab und ließ auf dem Blatt eine schleimige Spur zurück.

Das Maispflänzchen wollte vor Schreck schreien, aber es konnte nur zittern.

„Tu mir nichts“, bat es, „ich bin erst heute geboren.“ Die Raupe jedoch war unerbittlich und gierig. Sie richtete sich auf und zog das kleine Blatt ans Maul.

Am Bachufer, in einem dichten Schlehenbusch, nistete ein Würgerpaar. Die Jungen schliefen um diese Zeit, die Mutter hielt auf der Wiese am jenseitigen Ufer Jagd auf Heuschrecken, der Vater jedoch thronte wachend auf einem vorspringenden Zweig und gähnte gerade mächtig, als er auf dem Kartoffelfeld eine Bewegung gewahrte.

„Hilfe!“ stöhnte die kleine Maispflanze. „Sie bringt mich um.“

Die Raupe gewahrte die Gefahr und stellte sich tot. Sie war grau wie die Erde, und der Würger sah sie kaum. Aber dann machte er kurzen Prozeß mit ihr. Er hackte einmal, hackte zweimal zu, und die Raupe verschwand sich windend in dem harten Schnabel.

„Wenn ich groß bin“, sagte der Mais, „setz dich ruhig auf mich. Denn ich werde groß und will dich wiegen.“

„Danke, bei dir finde ich einen guten Platz zum Spähen. Ich wohne hier am Bachufer und heiße Würger. Wenn dich jemand bedroht, rufe nach mir.“ Und er flog auf das Nest zurück.

Die kleine Maispflanze beruhigte sich nur langsam.

„Oh, bis wir groß sind, lauern tausend Gefahren auf uns“, sagte eine der Kartoffelpflanzen. „Aber auch auf jene, die uns vernichten wollen. Hier ist dieses viele Unkraut ...“

„Wir haben auch einen ehrlichen Namen!“ riefen da die anderen Pflanzen.

„Ich bin die Kornblume.“

„Ich der Wegerich.“

„Ich der Rittersporn.“

„Ich der Klatschmohn.“

Alle schrien durcheinander: „Wir wollen leben. Dieser Acker gehört auch uns.“

„Nun, wir werden ein wenig zusammenrükken“, sagte der Mais versöhnlich.

„Mach du nicht auf unsere Kosten Zugeständnisse“, rief die Kartoffel verärgert. „Du freilich schießt empor, aber wir bleiben klein und können keinen Schatten von einem anderen dulden. Auch deinen Schatten werden wir nicht dulden, wenn du zum Unkraut hältst.“

Das Maispflänzchen schwieg. Es war allein.

„Es stimmt.“ Der Rittersporn nickte. „Die Kartoffeln werden nur dann groß, wenn sie unter sich sind ... Wir wollen keine Zeit verlieren, Freunde!“

Und sie verloren keine Zeit.

Zwei Wochen später klopfte der Flurhüter bei Familie Cseresznyés an.

„Guten Tag!“

„Grüß Gott!“
„Wie geht’s?“
„Immer so hin ...“
„Eine Hacke gibt es wohl bei Euch nicht?“
„Gewiß gibt es die ...“
„Nun, ich habe nur so gefragt, weil ich meine, Kartoffeln mit Gänsefett werdet Ihr dieses Jahr nicht viel zu essen brauchen, obwohl das keine zu verachtende Mahlzeit ist.“
Am nächsten Tag, noch ehe der Tau getrocknet war, standen Cseresznyés’ schon am Ende des Kartoffelfeldes.
„Ich würde meinen, das ist gar nicht unser Acker, der Teufel soll dieses verdammte Unkraut holen.“
Und sie stellten sich in die Kartoffelreihen.
„Paßt auf beim Hacken, hackt mir nur keine Staude aus! Man muß die winzigen Kartoffelpflänzchen ja richtig suchen.“
Die Hacken rückten dem Unkraut zu Leibe, und langsam konnte man die Kartoffelreihen erkennen.
Und was nicht hierher gehörte, mußte fallen. So die Kornblumen, der Rittersporn, der Löwenzahn, und als mittags die Sonne hinschien, wurden sie im Handumdrehen zu raschelnden Toten.
Jóska Cseresznyés stand in der letzten Zeile. Ihm war die Hacke schwer, war er doch erst

acht Jahre alt; aber um die Wahrheit zu gestehen, er ließ sich auch häufig ablenken. Bald blickte er einem Vogel hinterher, bald wollte er einen Ziesel fangen. Auf die Kartoffeln aber mußte er auch aufpassen, denn obwohl die Mutter ihn gern hatte, saß ihre Hand doch locker.

„Hier ist ein Maisstengel", rief Jóska, „soll ich den auch aushacken?"

„Er mag dir gehören, Jóska. Hack ihn nicht aus."

Jóska hackte behutsam um den zarten Maisstengel herum und betrachtete ihn als sein Eigentum. Dann schritt er vorsichtig weiter.

Der kleine Maisstengel begriff das alles nicht. Die Erde um ihn bebte. An einer Stelle riß sogar eine Wurzel entzwei, aber dann hatte er keine Angst mehr, denn zwischen den zerfallenden Schollen drang wohltuende Luft an seine Wurzeln, das Unkraut fiel zur Erde, und die Welt wurde weit.

„Siehst du", sagte gegen Abend die Kartoffel, „das ist das Schicksal des Unkrauts."

Und in jener Nacht hatte der Mais das Gefühl, als würde er kräftig wachsen.

„Wenn ich so gedeihe", sagte er am nächsten Tag zum Würger, „kann mir die Raupe nichts mehr anhaben."

„Nicht deinen Blättern über der Erde. Paß

aber auf, daß deine Wurzeln nicht von einem Feind befallen werden, denn dann kann dir nur der Maulwurf helfen. Ich nicht. Wie ich sehe, hat der Mensch die Erde aufgewühlt ..."

„Menschen waren das?"

„Gewiß. Ich wagte mich den ganzen Tag nicht aus dem Gebüsch ... nur auf die andere Seite, zur Wiese hinüber. Hopp, ein Käfer ..."

Der Würger schnappte sich den Käfer, der Mais aber blieb allein, und nun streckte er schon zwei Blätter der Sonne entgegen.

Und er wurde von Tag zu Tag kräftiger.

„Seht euch Jóskas Maisstengel an", sagte Frau Cseresznyés beim nächsten Hacken, „seinesgleichen findet sich nicht in der ganzen Flur." Und sie lockerte wieder die Erde rings um die Maispflanze.

Doch da näherte sich der Sommer schon seinem Höhepunkt. Am Maisstengel rannten manchmal flinke grüne Eidechsen vorbei, und in einigen furchteinflößenden Nächten zog ein von hellen Blitzen begleitetes Gewitter über die Felder.

Die Pappeln neigten sich stöhnend, die Weiden legten sich beinahe in den Bach, und der Mais wußte nach dem überstandenen Gewitter, daß er nun schon kräftig genug war.

„Setz dich auf mich", ermunterte er den Würger. „Jetzt kann ich dich tragen."

Und der Würger ließ sich mit flatternden Flügeln behutsam auf das sich beugende Maisblatt nieder.

„Bin ich nicht zu schwer?"

„Ach wo", brüstete sich der Mais, dabei hatte er Angst, daß sein Blatt jeden Augenblick abbrechen könnte.

„Nie hätte ich geglaubt, daß der Würger so schwer ist", sagte er bei sich, als der Vogel davongeflogen war. „Ich muß noch stärker werden."

Und er senkte die Wurzeln so tief er nur konnte. So tief, daß die Menschen wohl eher eine Quelle gefunden hätten als seine Wurzelspitzen.

Wasser hatte der Mais also genug, nur nach Wärme sehnte er sich sehr. Die Sonne zog ihn an, die ewige Wärme und das ewige Licht.

„Wie groß du geworden bist", die buschigen Kartoffeln schauten zu ihm hinauf. „Du bist schön, wenn du groß bist, wir aber, wenn wir klein sind."

Da erschienen die Cseresznyés' wieder. Erneut lockerten die Hacken die Erde, und die Mutter führte Jóska zum Maisstengel.

„Schau her!" Und sie machte einen kleinen Hügel rings um den Stengel. „Paß auf das Deine auf", sagte sie, „denn wenn der Stengel schöne Frucht trägt, haben wir Saatgut für das kommende Jahr. Von deinem Mais."

Aber Jóska war nicht so recht begeistert. Er hatte soeben Wasser aus dem Bach geholt und dabei das Würgernest gesehen. Die dicken Köpfe der Jungen lagen am Nestrand, und Jóska hatte beschlossen, sie auszuheben.

Er wollte sie ausheben und mit nach Hause nehmen. Was dann mit ihnen werden sollte, daran dachte Jóska nicht.

„Du freust dich wohl gar nicht über den Mais?“ fragte die Mutter.

„Doch, doch“, log Jóska, dachte aber nur an die Vogeljungen.

Der Tag ging dahin. Die Hacken zogen wieder durch die Kartoffelzeilen und säuberten sie vom inzwischen wieder gewachsenen Unkraut. Doch bevor das Leben aus den Unkrautpflanzen schied, schickten sie ihren Wurzeln geheime Botschaft.

„Neue Triebe! Sonst sind wir verloren ...“

Und die abgehackten Teile waren an der Sonne noch gar nicht getrocknet, da schickten die Wurzeln bereits frische Triebe dem Sonnenlicht entgegen.

Das Würgerpaar aber bereitete seine Jungen währenddessen mit sorgender Liebe zur Prüfung vor. Wie die Menschen. Ein gestrenger Lehrer stellt Aufgaben, und die Jungen müssen sie lösen. Die Eltern aber können nicht helfen.

Als die Cseresznyés' mit dem Hacken schon weit vorangerückt waren, wiegte sich Vater Würger auf dem Schlehdornzweig und sagte:

„Seht ihr dort den Maisstengel? Er ist mein Freund. Er steht nicht weit und streckt euch seine Blätter entgegen. Fliegt!"

Und er flog voraus und führte vor, wie es gemacht wird, und setzte sich dann auf das Maisblatt.

Da dämmerte es bereits. Die Cseresznyés' wuschen die Hacken im Bach, und Jóska, der zurückblieb, fand das Nest leer, denn die beiden alten Würger und ihre drei Jungen wiegten sich auf den Blättern des einsam dastehenden Maisstengels.

Jóska bückte sich, hob eine Scholle auf, um nach den Würgern zu werfen, aber die Mutter schaute hin und ermahnte ihn.

„Haben dir die Vögel etwas getan?"

So blieben die Würger ungestört auf dem Maisstengel sitzen bis zum Abend, und sie nahmen erst Abschied, als die rotwangige Dämmerung über das Wasser des Baches huschte.

Der Mais dachte in dieser Zeit oft daran, daß er allein war. Er hatte keine Angst mehr vor Raupen, denn er war groß und kräftig; seine Blätter waren wie Säbel, hart und scharf, aber wenn der Wind zu blasen begann, stand er einsam da und hatte das Gefühl, es wäre gut, wenn rings um ihn ein großer Maiswald stünde und er sich mit seinen Geschwistern unterhalten könnte, wenn die Nacht kam und stumme Wolken am Himmel zogen.

Denn nachts spürte er die Einsamkeit ganz besonders. Die Kartoffelstöcke schliefen, der Bach murmelte vor sich hin. Vergebens winkte der Mais mit seinen Blättern, umsonst seufzte er, niemand antwortete ihm.

Manchmal hoppelte ein Hase an ihm vorbei, manchmal ruhten Rebhühner unter ihm aus, aber sie waren Fremde für ihn, die wohl gar nicht bemerkten, wie der Mais blühte. Denn da blühte der Mais bereits. Er trug eine schöne Blütenrispe auf dem Kopf wie einen stolzen Helmbusch und hatte weiche bärtige Fruchtansätze in den Achseln der Stengelblätter. Und da erst erfuhr er, daß irgendwo – wohin er nicht sehen konnte – auch die anderen Maisstengel blühten.

Es war ein seltsames, erhebendes Gefühl. Die Nachricht brachte mit sanftem Streicheln der Wind, und er streute fremden, süßen Blütenstaub auf den Mais.

Es war zur Nachtzeit. Die ganze Welt schlief, nur der Wind war unterwegs, und der Bach eilte irgendwohin, niemand kannte sein Ziel. In der Luft aber schienen tausend Küsse zu schweben, und fliegender Blütenstaub befruchtete alle Maisstengel.

Von nun an wurde der Mais ernst. Wenn die Würger kamen, wies er sie an, daß sie sich dahin oder dorthin setzen sollten, denn woher hätten die Vögel wissen können, daß in den Achseln der Blätter aus den bärtigen Blüten Frucht entstand. Ein süßer, weicher Kolben, auf dem die weißen Körnchen wie die Kinder in der Schule sitzen. Und der Mais wußte bereits, daß alles um ihretwillen geschah; er empfand unklar, daß die kleinen Körner die Zeit, das Leben in sich trugen, daß er ganz in sie übergehen und sich in ihnen erneuern mußte.

Er kümmerte sich nicht mehr um sich, weder um seine Blütenrispe noch um seine Blätter. Von den süßen Säften, die in seinem Stengel hochstiegen, bekamen sie nur dann, wenn sich die Körner schon gesättigt hatten. Vergebens reckte sich die stolze Blüte, vergebens raschelten unbefriedigt die Blätter.

„Ich hab' nicht mehr!“ sagte der Maisstengel, und er wurde geizig wie eine Stiefmutter, die zuerst die eigenen Kinder versorgt. Und der Maisstengel hatte welche: drei an der Zahl.

Eines Morgens kam Familie Würger ungewohnt feierlich zu Besuch. Die Würgerkinder waren herausgeputzt, und die Alten blinzelten ernst.

„Wir kommen, Abschied zu nehmen“, sagten sie. „Die Nächte sind schon kühl, die Käfer werden weniger, wir machen uns auf die große Reise. Du hast uns oft gewiegt, Gott segne dich dafür!“

Damit schwangen sie sich in die Luft.

Und der Mais winkte ihnen mit seinen kräftigen, langen Blättern hinterher wie jemandem, den er nie wiedersehen wird.

Aber auch die anderen Vögel wurden weniger. Der Pirol verschwand mit seiner Flöte, der Zeisig nahm seine Zither mit, und nur die Trompete der Krähen schallte über die Flur.

„Wir sind unter uns!“ sagten sie aufgeblasen und wiegten sich selbstzufrieden auf den vom dürren Gras gesäumten Herbstpfaden.

Denn da war es bereits Herbst.

Die Nächte waren tief und geheimnisvoll geworden, der Morgen kam träge und kühl. Der Rauhreif küßte allmorgendlich die Wiesen, und die schwermütige Fiedel der Grillen klang zwischen den Sträuchern wie eine sich verhüllende Klage.

Und eines Tages wurden die Kartoffeln gerodet.

„Wir ziehen fort“, sagten die dicken Knollen.

„Wir freuen uns schon auf den Winterschlaf. Im Frühjahr sehen wir uns wieder."

Die Kartoffelernte dauerte bis zum Abend, dann fuhr der Wagen mit den geschwätzigen Rädern die Knollen fort. Das welke Kraut hatte man zu Häufchen zusammengetragen und angebrannt.

Der Mais schaute in jener Nacht lange in das wie Sterne funkelnde Feuer. Er war allein. Seine Blätter raschelten schon vertrocknet im Wind, eine dreiste Elster hatte seine Rispe abgebrochen, aber die Körner an den Kolben waren hart geworden – und alles andere war nicht wichtig.

Das Leben pulsierte nur noch langsam in der Maispflanze. Sie wurde müde und träge wie der Herbst selbst.

Der Wind umtanzte den Mais manchmal, dann raschelten seine Blätter greisenhaft.

„Spiel nicht mit mir, du Wind, ich bin zu alt, um herumzuhüpfen." Und er dachte daran, wieviel Zeit seit dem Frühling vergangen war. Damals konnte er noch nicht ahnen, daß er einmal alt würde und unempfindlich. Jetzt hätte die Raupe kommen und an ihm nagen können; er hätte sich nicht um sie gekümmert, ja, er hätte es gar nicht mehr gespürt. Was konnte ihm noch zustoßen?

Vielleicht hätte er sich gern niedergelegt,

wenn es möglich gewesen wäre. Er kümmerte sich auch nicht mehr um seine Kinder, und sie kümmerten sich nicht um ihre Mutter. Sie waren herangereift.

Hart waren sie geworden und nur auf sich bedacht. Unter den seidigen Hüllblättern führten sie gleichsam ein eigenes Leben, und sie benötigten die Nahrung nicht mehr, die ihre Mutter mühsam aus der Erde sog.

„Wir brauchen nichts“, sagten sie, „wir stehen auf eigenen Füßen.“

Aber der Maisstengel zürnte ihnen nicht. Wenn sie nichts brauchten, dann eben nicht. So sind alle Kinder, wenn sie groß werden. Und er trug sie stolz, so lange, bis Frau Cseresznyés eines Tages der Mais einfiel. Es war gerade Sonntag, sie hatte Zeit, und so trottete sie auf den Acker hinaus. Mit dem Fingernagel prüfte sie die Körner.

„Sie sind reif“, sagte sie und brach die drei Kolben ab.

Aber dem Maisstengel tat dies nicht mehr weh.

„Wir gehen fort!“ sagten seine Kinder, doch das klang nicht traurig, und sie lagen schläfrig in der blauen Schürze von Frau Cseresznyés.

‚Sie sind fort‘, dachte der Maisstengel und bemerkte erst später, daß rings um ihn Spätherbst geworden war. Alles war vertrocknet, kalt und still. Die Flur war voller tanzender Blätter, und auf stillen Pfaden jagte der Wind die Wegwarte.

Am Bachufer zwitscherten Meisen, und als sie den einsamen Maisstengel erspähten, flogen sie hin zu ihm.

„Lebst du noch, alter Maisstengel?“

„Freilich lebe ich. Nur gemächlich, wie einer, dessen Tage gezählt sind. Setzt euch nieder! Ich werde euch schaukeln ... Einst war der Würger mein Freund.“

„Wir kommen ein andermal wieder“, riefen die Meisen, als sie später davonflogen.

„Kommt nur“, raunte müde der Maisstengel, „sonst braucht mich ohnehin niemand mehr.“ Und er dachte an seine Kinder. Er hatte das Gefühl, sie sind an der richtigen Stelle, strotzend vor Kraft, und wenn der Frühling wiederkommt, wird er in ihnen weiterleben. Dann wird es wieder warm, der Würger wird zurückkehren, und auf der schwankenden Pappel wird der Pirol flöten.

So träumte der Mais, denn sein Leben schwand dahin wie ein Traum.

Am nächsten Tag aber setzte kalter Herbstregen ein. Die Ackerlerchen piepsten kläglich auf den Wegen, und auf der schlammigen Erde hoppelte patschend ein Hase.

Als es aufhörte zu regnen, stieß die Erde

seufzend Nebel aus. Die Flur wurde düster, und der Uhrzeiger des Sonnenstrahls drang nicht auf den Boden. Hier hatte sich nichts verändert, nur vom Balken hingen drei Maiskolben mit gelben Körnern herunter. Aber auch sie waren schon sehr müde.

„Wir wollen schlafen", sagten sie, doch niemand antwortete ihnen, denn in die alte Schüssel tropfte jetzt kein Wasser, der Mantel schlummerte schon lange, der Soldat aber hielt Ausschau nach dem Feind.

Nur die kleine Maus schaute mit ihren klugen, schwarzen Augen nach dem Mais.

„Sie sind zu hoch", seufzte sie. „Der Mais ist hoch oben, die Kartoffeln sind tief unten. Dazwischen ist die Katze ..., und der Winter kommt ..."

Und in dieser Nacht legte der Frost seine kalte Hand auf die Pfützen. Am Morgen zeigte sich zwar die Sonne, aber sie war weit weg, und ihre Strahlen brachten keine Wärme.

Die ganze Welt war erstarrt, und erst gegen Mittag meldeten sich die Meisen zwischen den Sträuchern am Bachufer.

„Nichts ... nichts ...", riefen sie und flogen auf den Maisstengel, um ihm zu klagen: „Es ist kalt, alter Maisstengel, die Raupen sind umgekommen, was wird mit uns im Winter?"

Da erhob sich kühler Wind. Er fuhr unter

das Federkleid der kleinen Meisen, peitschte totes Laub vor sich her, und als der kalte Hauch vorüber war, fragten die Meisen fröstelnd wieder:

„Was wird mit uns, alter Maisstengel?“

Da setzte tiefe Stille ein, und niemand antwortete den Meisen.

Krähen zogen durch die Luft, das Leben schlief im Boden, in der Tiefe der Keime, und gleich einem weißen Schmetterling schwebte weich die erste Schneeflocke auf die Erde.

DER SÜDWIND

Zwei Krähen im Wipfel eines Baumes sahen einander an. Zwei alte Krähen. Der neue Tag brach an, und in den dunklen Augen der beiden regungslosen schwarzen Vögel spiegelte sich die Unendlichkeit der erstarrten schneebedeckten Felder ebenso wie die rot aufgehende Sonne.

„Was wird mit uns?“ fragten die Augen der einen, worauf die andere nur hinunter unter den Baum schaute, wo erfrorene Artgenossen das Neueste von der Nacht berichteten.

„Wenn das Wetter so bleibt, steht uns auch dieses Schicksal bevor.“

Jetzt war die Kälte am grimmigsten, die Sonne ging auf. Wenn die Kälte unter das Gefieder drang, dann stürzte die Krähe einfach vom Baum, und hungrige Füchse hielten auf dem Heimweg ein mageres Mahl.

Die Sonne bewegte sich langsam aufwärts, sich umschauend, als wollte sie erkunden, was seit gestern anders geworden war, obgleich sich gar nichts verändert hatte. Die Axt schaute verbittert auf die Säge, deren Spannschnur wie lauter Werg anmutete, und der Sägebock stand klapprig im Schuppen, als würde er sagen: „Was zuviel ist, ist zuviel! Ist denn dieser Winter ganz außer Rand und Band?“

Die Säge fletschte die Zähne.

„Nur Ruhe, alter Freund, das Holz vom Vorjahr ist alle, jetzt kommt das diesjährige. Es ist gut, hart ..., das wird ein Vergnügen.“

Die Sonne stieg und schaute zum Stallfenster hinein, in dem eine Kuh mit ihrem Kälbchen lag. Das Kälbchen schmiegte sich an den mütterlichen Ofen, denn im Stall war es kalt.

Und sie sahen einander an.

Die warmen, ruhigen Augen der Kuh waren voller Hoffnung. Sie erzählten von grünen Wiesen, mildem Sonnenschein, ausgelassenen Sprüngen und versprachen Milch ... viel Milch.

Draußen kreischte der Brunnenschwengel, das Eis platzte, und der Eimer tauchte unten ins warme Wasser wie in ein Dampfbad.

„Oh, wenn man mich nur unten ließe!“

Man ließ ihn keineswegs. Er stieß gegen den Brunnenkranz, das Wasser schwappte, und die Kuh kam besonnen mit ihrem Kalb zum Saufen. Rings um den Trog war alles vereist, aber es war gestreut – mit Spreu.

Sie tranken, danach machte das Kalb einen Satz, schlug sogar mit den Beinen aus, und im gleichen Moment fiel es auf das Eis. Die Kuh schaute gelassen zu, als würde sie sagen: „Na siehst du …“

Dann knallte die Stalltür zu, und drinnen begann vielleicht erneut das Märchen von der Wiese und der Wärme.

Die Sonne stand oder zog – man konnte es nicht genau sehen – schon in Höhe der Häuser, aber ihr rotes Gesicht wurde andächtig von den Schornsteinen beweihräuchert, auf die sich die Spatzen zum Wärmen setzten.

Auf der Straße glitt ein Schlitten, schleuderte mit dem Hinterteil, denn eine Spur gab es noch nicht, alles war vereist. Am Dorfende bog er auf den Waldweg, wo ihm der Schnee Halt bot, und nun fuhr der Schlitten gerade dahin, langsamer werdend, als besänne er sich seiner ernsten Mission.

Das Gespann fuhr zur Mühle. Der Wald war kalt, eine spitzenbesetzte Pracht unter der gehäkelten Decke des Rauhreifes, von der Daniel Pék aber erst im Sommer sagen wird, daß sie schön war. Jetzt war sie noch ein wenig zu nahe …

Auf dem Schlitten saß nämlich Daniel Pék mit bereiftem Schnurrbart, bereifter Pelzmütze und in eisiger Stimmung, denn er konnte sich nicht vorstellen, daß er auf dem Heimweg Mehl haben sollte. Die Mühle war seit einem Monat zugefroren. Sollte er sein Korn jetzt in eine andere Mühle bringen? Als er es hierher gebracht hatte, konnte man nicht ahnen, daß der Winter von solcher Dauer sein würde.

„Wenn du mein Korn nicht mahlen konntest, kannst du es mir nicht vielleicht in Mehl umtauschen, mein lieber Lajos?"

„Mein Mehl ist restlos alle, Onkel Dani." Der Müller breitete die Arme aus. „Aber in der Genossenschaft gibt es welches ..."

„Meine Frau bringt mich um, mein lieber Lajos, wenn ich Geld für Mehl ausgebe, wo ich doch das Korn habe. Ließe sich denn nicht irgend etwas tun?"

„Höchstens Sie befreien das Mühlrad aus dem Eis, Onkel Dani", erwiderte der Müller lachend.

„Nun, Zeit habe ich ja."

„Machen Sie keine Witze, Onkel Dani. Bis zum Morgen gefriert es wieder", er überlegte, „wenngleich unter dem Eis ja Wasser ist."

„Wo ist die Axt? Was kümmert es mich, was morgen früh wird." Und Daniel Pék hackte das Eis, ebnete dem Mühlrad den Weg, mit Schlägen mal von oben, mal von unten.

„Passen Sie auf die Radschaufeln auf, Onkel Dani. Nehmen Sie einen Schluck Branntwein?"

Die Sonne schien kalt, die Eissplitter flogen hüpfend und funkelnd im Sonnenschein. Der Müller schaute eine Weile zu, dann begann er an der Schleuse zu klopfen, womöglich war die Idee von Onkel Dani gar nicht so abwegig ...

„Kommen Sie rauf, Onkel Dani. Ich will es versuchen, wenngleich es ein Wunder wäre."

Sie rissen die Schleusenschützen hoch, das Rad stöhnte gewaltig, bewegte sich aber kaum. Hierauf schlossen sie die Schleuse wieder, zogen die Schützen wieder hoch, und auf jeden Stoß des Wassers ruckte das vereiste große Rad ein Stück, bis es sich auf einmal unter schrecklichem Stöhnen, Kreischen und Knarren in Bewegung setzte, in der Mühle aber begannen sich die Steine zu drehen, und der lebendige Klang des Rauschens strömte in die erstarrte Welt hinaus.

„Nun, siehst du, mein lieber Lajos? ..."

Der Müller hörte gar nicht mehr hin. Er schüttete Korn in den Trichter, lächelte und hielt die Hand unter das warme Mehl.

Es war schon Mittag vorüber, als Daniel Pék die Säcke zuband, doch nachdem er sie auf den Schlitten geladen hatte, fuhr er nicht gleich.

„Hörst du's?" Er schaute auf den Müller und dann zum Himmel. „Hörst du's?"

Hoch oben zogen freudig kreischend Wildgänse gen Norden.

„Onkel Dani, Sie haben den Winter gebrochen.“

Nun standen sie unbewegt da. Unter ihren Sohlen knirschte der Schnee nicht, der Rauhreif auf den Pferden begann zu perlen, die Sonne schien näher gekommen zu sein, das Eis auf dem Bach knackte, und gleich einem Hauch wälzte sich eine warme Luftströmung über die schneebedeckte Landschaft.

Die beiden Krähen auf dem Baum sahen einander an, sie plusterten sich auf, gähnten und dachten an ihr Nest, das Kälbchen bewegte die Ohren, als würde es Fliegen vertreiben, die Mühle schnurrte weich, und der Südwind wedelte vergnügt die Fahne an ihrem Schornstein.

ABENDDÄMMERUNG

Erst wurde ihm warm, dann aber überkam ihn ein Schwindelgefühl.

Greisenhaft schritt er am verschneiten Seeufer hin und prüfte die Otterfallen, als das Wasser vor ihm plötzlich in Bewegung zu geraten schien; ein schwarzer Strudel tat sich vor ihm auf und entfernte sich dann wieder, und rauschende, trockene Windstöße streichelten seine fröstelnden Schläfen.

Er sah sich um: Was war das? Die Farben verwandelten sich in graue Schatten, die Bäume des entlegenen Waldes reckten sich, zwischen den Bülten sah er schwarze, formlose Gestalten rennen. Er streckte die Hand nach einer Stütze aus, setzte sich in den Schnee.

„Was ist mit mir los?“

Er schaute zum Himmel empor, der klar und blau leuchtete in dem sich neigenden Nachmittag, nur kleine Lämmerwolken stolzierten vor der untergehenden Sonne, weiß, weich und kalt.

Die Sonne sank rot hinter ihnen, die Lämmer aber schienen sich gemächlich zu nähern, als wateten sie bis zu den Knien in Blut, dumpf blökend ...

Das Blut verwandelte sich dann in schwarzes Moorwasser, das die weiße Herde verschlang, und in der bedrückenden Dunkelheit hörte er nur manchmal das leise Läuten der Glocken.

‚Ich müßte heimgehen', dachte er, aber es war gut, sich nicht zu bewegen. Lähmende Wärme überkam ihn, und es wurde wieder hell, nicht wie am Tage, sondern wie in Mondnächten. Ein matter Schein, als würden große, entlegene Feuer vom Himmel leuchten, und in diesem fiebrigen Licht sah er seine längst verstorbene Frau auf sommerlichem Pfad kommen, mit einem Essenkorb am Arm und einem friedlichen Lächeln auf ihrem lieblichen Gesicht. In einer Biegung blieb sie stehen und winkte ihm zu ...

„Rufst du mich, Mariska? Gut. Ich weiß ...", und er wollte auf sie zugehen, bis er sich aber erhoben hatte, war es wieder Tag, später Nachmittag, kalt, sich dem Abend zuneigend.

„Gehen, gehen ...", murmelte er bei sich. „Alte Beine, tragt mich nur noch bis nach Hause ..." Der Schnee sank unter dem gewichtlosen alten Mann mit den fiebrigen Augen kaum ein. Das Häuschen am Seeufer kam nur langsam näher.

„Geht, geht, alte Beine", flüsterte er, „nur bis nach Hause, zum letztenmal ..."

Das schilfgedeckte Haus war aufs Wasser gebaut. Es hieß, in längstverflossener Zeit soll es eine Mühle gewesen sein. Es war auf Lärchenpfählen errichtet, dann aber entsprangen unbekannte Quellen, die Umgebung versumpfte, und aus der Mühle wurde ein Jagdhaus. Vom Ufer führte ein Steg ins Haus, in dem der alte Förster wohnte, schon lange allein, in der letzten Zeit aber mit Unterstützung, denn Wald und Wasser mußten gehütet werden vor Wildschützen und Fischdieben.

Der Steg knarrte kaum unter seinen Schritten.

Leise öffnete sich die Tür. Im Herd leuchtete noch Glut vom Mittagsfeuer, und als er die Tür geschlossen hatte, hörte er unter den alten Pfählen dann und wann das Wasser glucksen, und zum Fenster drang der Winterabend herein.

Die Flinte hängte er auf, seinen Hut daneben. Er zog auch die abgetragene Pelzjacke aus, legte dann ein Stück Wurzelholz auf die glimmende Glut, denn er hatte das Gefühl zu frieren.

Die Glut fraß sich in das trockene Holz, aus dem prasselnde Flammen emporstiegen. Doch da hatte er sich bereits ans Ende seiner Lagerstatt gesetzt und betrachtete das Feuer, das Licht, das den kleinen Raum erfüllte.

‚Gehen, gehen, weit fort, bis jenseits der Gewässer, jenseits der Wälder. Meine Frau hat mich gerufen ...‘

Dies sagten auch die Wellen, die gegen die jahrhundertealten Pfähle schlugen, und auch der Wind rief die gleiche Botschaft zum Schornstein herein.

Der Blick des Försters irrte im Zimmer hin und her. Manchmal blieb er auf einem Bild, an einer alten Waffe, einem ausgestopften Vogel haften. Die in der Vergangenheit schweifende Erinnerung erhellte sich für einen Augenblick; die Hand des alten Mannes zuckte, als hätte er jemanden oder irgend etwas gestreichelt, was noch da war, doch wer weiß, wie lange noch.

Aus dem Herd sprangen manchmal Funken gleich kleinen Sternen und erloschen im Flug, und das Wasser draußen platschte wie im Sommer, wenn verspielte Fische nach Libellen schnellten.

Und der Abend wuchs, wurde schwärzer und kälter.

Der alte Mann legte sich hin. Ein kalter Schauder schüttelte ihn, und er hatte Angst, im Sitzen einzuschlafen, obwohl seine Augen offen waren. Kleine Flammen des Feuers schienen mit der Dunkelheit zu ringen, und in den Ecken und Winkeln wuchsen erneut Schatten und Erinnerungen.

Von hier hatte man seine Frau zu Grabe getragen, und von hier aus waren die Kinder ihrer Wege gegangen. Er hörte längst vergangenes schluchzendes Weinen, längst verblaßtes, perlendes Lachen. Leise, streichelnde Worte wurden geflüstert, und kleine Schuhe trippelten, als würde jemand laufen lernen ... Für einen Augenblick erklang sogar Musik, Hochzeitslärm, aber dann riß der Wind die Töne mit sich fort. Und wieder gluckste nur das Wasser – schwarz und tief.

Die Zeit floß dahin.

Draußen dröhnte der Steg. Der Forstgehilfe kam nach Hause. Er war ein Verwandter. Der Alte hätte in der Liebe zu den Wäldern und Gewässern als Nachfolger gern seinen Sohn gesehen, aber der war ein demütiger Diener des ewigen Gottes, war Priester geworden. Nur einen Atemzug lang dachte der alte Mann, daß er es anders gewünscht hatte, doch dann schüttelte er den Gedanken mit traurigem Stolz ab. Nun war der Sohn Kaplan im Dorf, und wenn er den alten Vater von Zeit zu Zeit besuchte, schwiegen sie wortlos. Der alte Baum und der junge Trieb, an dem keine Knospen mehr sprießen würden.

Der Steg dröhnte, das Wasser schien zu verstummen, und die Stille wich; als der andere die Tür öffnete, blieb er für einen Augenblick stehen, weil er nicht erkennen konnte, ob jemand im Zimmer war, aber die Trauer lag in der Luft, und die spürte er.

Die Lampe flammte auf, die Schreckgestalten huschten zum Fenster hinaus, aber sie drückten ihre Gesichter von draußen gegen die Scheibe.

„Lieber Onkel!“ kam es betroffen. „Soll ich nach einem Arzt gehen?“

In die Augen des Kranken kehrte der Glanz langsam wieder, und er sagte mit matter Stimme:

„Geh nicht, mein Sohn. Kannst später gehen ... den Priester rufen ... meinen Sohn ... Jetzt habe ich einige Worte an dich zu richten.“

Der junge Mann setzte sich ans Bett, neigte den Kopf und schaute in das Halbdunkel, wo sich immer stärker das Schwarz, die Farbe des Todes, breitmachte.

„Was ich hier im Zimmer habe, gehört dir. Die Flinten, die Netze, alles. Zieht mir meinen neuen Anzug an, den grünen Rock legt mir unter den Kopf, und mein Sarg soll aus Eichenholz sein, denn ich möchte mit Würde in die Erde gebettet werden. Wenn ich manchmal hart zu dir war, so trage es mir nicht nach. Du bist unter meiner Hand zum Manne geworden.“

Dem jungen Mann stiegen Tränen in die

Augen, und er faßte die kalte Hand des Sterbenden.

„Lieber, guter Onkel, wozu so etwas sagen."

Der Blick des Alten richtete sich schon wieder in die Ferne.

„Nun aber geh ... nach meinem Sohn ... Ich möchte beichten ..."

Draußen auf dem Steg verhallten die Schritte.

Dann begann wieder das Wasser zu sprechen, der Wind im Schornstein heulte, und als der junge Förster im Dorf ankam, schlug der Wind heftig die offengelassenen Fensterscheiben zu.

Im Pfarrhaus war es dunkel. Der Förster ging um das Haus, schaute zu einem Fenster hinein, aus dem ein schmaler Lichtstrahl auf den Schnee fiel. Da saß der junge Kaplan. Als es an der Fensterscheibe klopfte, machte er sein Buch zu und kam ruhigen Schrittes zum Fenster.

Der Wind drang ins Zimmer, der Lichtschein aber sprang in die Dunkelheit heraus, einen breiten Graben bildend, der keine Ufer hatte, und unten in diesem Graben stand der Bote.

Seine Lippen bewegten sich, aber die Worte trug der Wind davon, obwohl es auch sein konnte, daß er gar nichts sagte.

In dem sanften Blick des Priesters spiegelte sich Schrecken, nach einem Atemzug der Stille stürmten seine Gedanken in das kleine Haus am Seeufer, dann schaute er wieder auf den Mann mit dem tränenfeuchten Gesicht, der sich näher beugte.

„Zu deinem Herrn Vater ... bring den Leib des Herrn ...“

Dann zog sich der junge Förster in den Schatten zurück. Als er wieder auf das Fenster schaute, stand dort niemand mehr. Die Flamme der Lampe flackerte von Zeit zu Zeit auf, der Wind bewegte die Fensterflügel, und dann war ihm, als hätte er gehört:

„Besorge einen Fuhrmann und warte an der Kirche!“

Erneut stürzte er sich in die Dunkelheit.

Rings um die Kirche lag geheimnisvolle Nacht, und der Mann gewahrte erst, daß es schneite, als vor der Tür der Schlitten hielt. Der Kutscher zündete eine Laterne an, und durch die handgroße Helligkeit schwebten dichte, große Flocken.

Der Förster schaute zur Kirchtür hinein. Dort gähnte schwarze Stille, nur ganz weit weg bewegte sich ein schwaches rötliches Licht, dann verschwand auch dieses, und leise Schritte näherten sich. Er konnte das weiße Gesicht des Priesters sehen. Unter seinem weiten Kragen, an die Brust gedrückt, brachte er den Leib des Herrn. Er neigte den Kopf darüber.

Der Fuhrmann lüftete den Hut, der Förster schlug das Kreuz. Der Schlitten setzte sich mit flackernder Laterne in Bewegung, deren Licht in den schlafenden Fensterscheiben der Häuser aufleuchtete und wieder erlosch.

Der Kaplan saß in sich versunken da und hatte das Gefühl, alle Wege seines Lebens jetzt noch einmal zurückzugehen ... Und dann blieb er allein.

„Herr, umgib mich schützend mit deiner starken Hand und laß nicht zu, daß der Sohn vor den Priester tritt."

Es fiel ihm ein, daß er vor gar nicht langer Zeit zu den Weihnachtsferien diesen Weg mit seinem Vater gekommen war. Der Alte hatte den Sohn mit verhaltenem Stolz nach Hause gebracht, und er hatte sich neben diesem alten Baumstamm immer klein und hilflos gefühlt ... Und nun war er der Stärkere, der Größere, die Stütze, der Baumstamm, den die Wellen der Trauer umspülten.

„Lieber, guter Vater! Siehe, bis jetzt warst du der Richter, und nun höre ich mir deine Beichte an." Wieder senkte sich sein Kopf auf die Brust. „Stärke mich, Herr!"

Er schaute zum dunklen Himmel empor,

und die großen weißen Schneeflocken berührten seine Stirn wie das Streicheln einer kühlen Hand.

Im Lichtkegel der Laterne wuchsen Sträucher und Bäume. Weiße Weihnachtsbäume, Büsche im Schneekleid, die auftauchten und hinter dem Schlitten zurückblieben.

Dann begann mit leisen, längst verklungenen Worten das Wasser zu sprechen. Aus dem Fenster des Hauses fiel ein schwacher Lichtschein auf die Wellen, und der Steg ermahnte sie dröhnend, ihr albernes Geschwätz einzustellen.

Inneres Fieber saugte die Tränen des Priesters auf, als er sich an der ihm schon so lange vertrauten Stelle dem Sterbenden näherte. Und er hatte das Empfinden, die bekannten Wände würden sich über ihn neigen und ihn streicheln. Den Tränen, die er bis jetzt bezwungen hatte, ließ er nun freien Lauf, als der alte Mann zu sprechen begann:

„Gelobt sei Jesus Christus!“ Die Worte verklangen, und in ihrem Nachhall wurde es hell. Friedliche Stille. In dem alten Gesicht spiegelte sich die frohe Versöhnung vor dem letzten Weg, und der Priester hatte das Gefühl, als sei es auch jetzt die trockene, sehnige Hand, die dem Kind den Weg zeigte ...

Als der Sterbende das Kruzifix küßte, brach

es wie Schluchzen über die Lippen des Sohnes:

„Ego te absolvo!"

Er beugte sich über das teure Gesicht des Vaters und betrachtete es lange, während er nach der Letzten Ölung betete. Ihre Blicke versenkten sich ineinander.

‚Mein Gott', dachte der Vater, ‚als würde mich seine Mutter ansehen ... Es sind ihre Augen.' Dann war ihm, als wäre das Gesicht des Sohnes verschwunden und seine Frau stünde in der Mitte des Zimmers und winkte ihn mit vertrauter, sanfter Bewegung zu sich ... ‚Dein Sohn hat mir den Weg freigegeben, Liebste, ich komme schon ...'

Der Priester sank am Bette nieder, und Schluchzen schüttelte seine Schultern. Dann wurde es still im Zimmer.

*

Über dem Wasser verwandelte sich die Nacht in Nebel. Die Wellen trugen die Nachricht zu den sich schlängelnden Bächen, und sie berichteten es dem schläfrigen Morgen, der gerade von jenseits des Waldes gekommen war, wo er von Wolken aufgehalten wurde.

Und erst als der Specht im Wald die Trauer verkündete, erfuhren es alle, denn der Klang der Totenglocke reichte nicht so weit.

MÄRZWINDE

Es begann gerade zu dämmern, und der kalte Wind schien wieder stärker zu werden.

‚Zum Teufel mit diesem Wind', dachte der Forstingenieur, der zugleich das kleine Gut verwaltete. ‚Er trocknet alles aus, und wie kalt er ist.'

Der Wagen plagte sich langsam den steilen Weg hinauf. Der Ingenieur schlug den Kragen hoch, zog sich den Hut fest auf den Kopf und steckte die Hände tief in die Taschen des Pelzes.

Als der flache Hügelrücken erreicht war, legten die Pferde von allein einen Schritt zu, und hinter dem Wagen wirbelte kalter Staub. Rechts näherten sich einige Tannen, und davor stand am Wegesrand das Kruzifix.

Der Ingenieur beugte den Kopf vor dem Kruzifix, dann schämte er sich. ‚Was bist du doch für ein erbärmlicher Mensch', sagte eine innere Stimme. ‚Als dein Sohn krank war, da hast du freilich das Kreuz geschlagen ... Und als deine Tochter operiert wurde, da hast du den Hut gezogen und bist sogar zu einem Vaterunser abgestiegen ...'

Wieder folgte ein Hügel, und als der Gipfel

erreicht war, schnitt der Wind wie ein eisiges Messer.

‚Ach!' Er zuckte mit den Schultern. ‚Es kommt doch nicht auf bestimmte Gesten an ...'

Und er wurde zornig, weil er fror, vor allem aber, weil er fühlte, daß das Versäumte schwerwiegender war ...

*

Im oberen Gehöft begegnete ihm nur Ärger. Eine ganze Anzahl Schafe hinkte, ein gutes Pferd war in einen Nagel getreten, und in das Schilfdach des Schafstalles hatte der Wind ein Loch gerissen.

Während er sich den Schaden besah, wurde er ans Telefon gerufen.

„Wer zum Teufel ist denn dran?"

„Ihre Frau, Herr Ingenieur."

Am liebsten hätte er geflucht, aber dann ging er doch ans Telefon.

„Ja bitte ..."

„Komm nach Hause ... Ich fühle mich nicht gut ..." Und sie legte den Hörer auf.

Der Ingenieur sah verwundert und erschrocken auf das Telefon und warf dann verärgert den Hörer hin.

*

Zu Hause verging ihm die Streitlust. Seine Frau war kaum noch bei Bewußtsein.

„Mit Schüttelfrost hat es angefangen“, sagte sie, „und nun habe ich vierzig-fünf Fieber ...“

„Ich hab's ja gesagt! ... Brutmaschine! ... Nachts aufstehen ...“

„Paß auf die Kinder auf ...“, sagte die Frau. „Ilona soll das Kleine füttern ... auf den Brutapparat aufpassen und das Pökelfleisch in der Speisekammer wenden ... Du aber telefoniere meinem Vater.“

Der alte Doktor kam am nächsten Tag und stellte fest, was sie von dem Arzt im Ort ohnehin schon wußten: Lungenentzündung.

Und der Kampf gegen dieses Schreckgespenst begann, er begann mit primitiven Mitteln und Medikamenten, denn es gab noch kein Penicillin und manches andere auch nicht. Der alte Doktor aber war nicht bereit zu prophezeien, wie sehr der Ingenieur auch um eine kleine Ermunterung bettelte.

„Wenn der Organismus durchhält“, sagte er, „doch man darf nicht außer acht lassen, daß die Kranke erst vor einigen Monaten entbunden hat ... Übrigens kannst du beruhigt sein, mein Sohn, wir tun alles ...“

‚Er spricht wie von einer Fremden‘, entrüstete sich der Schwiegersohn und ging zu den Kindern hinaus.

Das Mädchen war drei Jahre, der kleine Junge erst wenige Wochen alt. Die Kleine hielt eine Zeitung in der Hand, aber verkehrt herum.

„Was machst du, mein Herz?“

„Ich lese ...“

Und die Zeitung in ihrer Hand raschelte.

‚Wie ein vertrockneter Kranz auf dem Friedhof.‘ Entsetzen schlich sich in seine Gedanken. Er taumelte auf den dunklen Gang hinaus, wischte sich die Augen und ging ins Krankenzimmer zurück.

„Sie schläft“, flüsterte der alte Doktor, „bleib ein bißchen hier, mein Sohn. Ich rauche eine Zigarette. Sollte sie unruhig werden, rufe mich.“

Im Zimmer blieb tiefe Stille zurück. Im Gesicht seiner Frau sah man auch jetzt das Fieber nicht, nur eine endlose Hinfälligkeit. Und man sah auch nicht, daß sie atmete, aber sie schlief auch sonst so ruhig.

Er neigte das Gesicht auf seine Hände. Die Vergangenheit, die ihm so teure Vergangenheit schien jetzt unermeßlich fern, und seine Gedanken waren nur noch dunkle Verzweiflung.

Als er den Kopf hob, erschrak er, denn der Blick der Kranken war klar, und sie winkte, er sollte sich näher beugen.

„Was möchtest du, mein Herz, geht es dir besser?“

Als der Ingenieur den Wunsch seiner Frau vernahm, stand er überrascht auf: „Aber das geht doch nicht, Liebste ... Du bist doch reformiert.“

„Geh gleich hinüber zum Priester. Ich möchte beichten und das Abendmahl empfangen ...“

Der Ingenieur taumelte zur Tür hinaus.

„Sie will beichten“, sagte er zu seinem Schwiegervater, der erregt die Zigarette wegwarf.

„Das wäre Wahnsinn! Eine solche Aufregung kann sie das Leben kosten. Aber es geht gar nicht, sie ist doch nicht katholisch.“

„Ich gehe jedenfalls hinüber zum Priester ...“

„Geh, mein Sohn. Ich hoffe, der Pfarrer wird mehr Verstand haben.“

Aber der Pfarrer hatte nicht „mehr Verstand“, er war voller Verständnis.

„Ja“, sagte er, „freilich geht das. Gehen Sie ruhig nach Hause. Es wird nichts passieren. Die Gnade hat noch niemandem geschadet. Ich komme auf der Stelle.“

*

Während der Pfarrer am Bett der Kranken war, saßen Schwiegervater und Schwiegersohn auf der Gartenbank vor dem Haus und rauchten, aber sie waren sich dessen wohl kaum bewußt. Der Frühling hier draußen schien unendlich zu sein, und sie verloren sich in dieser Unendlichkeit. Jetzt beschäftigten sie sich weder mit der Kranken noch mit der Krankheit ... Es war ihnen, als hätte etwas ihre Gedanken aus dem Krankenzimmer hinausgefegt.

Sie gewahrten kaum, als der Pfarrer herauskam.

„Gehen Sie bitte hinein."

Der Arzt ging hinein, der Ingenieur begleitete den Pfarrer zum Hof hinaus.

„Ich danke Ihnen, Vater!"

„Keine Ursache. Es war auch für mich eine Gnade, und daher schulde ich Ihnen Dank."

*

Der Doktor fühlte den Puls seiner Tochter, als der Schwiegersohn eintrat.

„Ich bin so glücklich." Die Frau schaute auf ihren Mann. „So unendlich ruhig ..." Und sie weinte still vor sich hin.

„Reg dich nur nicht auf ...", mahnte sie der Vater.

„Ich rege mich nicht auf ..., und ich bin auch sehr müde."

„Dann schlafe, mein Kind!"

*

Die Kranke schlief den Nachmittag durch und dann auch die Nacht. Ihr Fieber fiel ...

„Ein Wunder!“ freute sich der Ehemann.

Sein Schwiegervater lächelte nachsichtig.

„Den neunten Tag abwarten!“ sagte er. „Die Krankheit entscheidet sich immer an einem ungeraden Tag. Am fünften, siebenten, neunten Tag. Jetzt muß man besonders aufpassen, denn ein Rückfall wäre eine Tragödie, und da würde nichts helfen ... Einige Tage bleibe ich noch, dann übergebe ich die Kranke meinem hiesigen Kollegen.“

Die Hilflosigkeit der Kranken wich nur langsam, aber am dritten Tag fragte sie bereits:

„Hat man auch nicht vergessen, die Planzen zu gießen?“

„Nein, Ilona kümmert sich um alles.“

„Gut, gut ... aber man müßte nachsehen.“

„Natürlich ...“

„Schlüpfen die kleinen Enten noch nicht?“

„Nein“, sagte der Mann und begann zu blinzeln, wie stets, wenn er nicht die Wahrheit sagte, aber er verließ sich auf Ilona, die sich um alles kümmerte ... doch sobald sich Gelegenheit bot, lief er in die Waschküche hinaus, wo der Brutapparat stand.

„Gütiger Himmel!“ Überrascht blieb er vor dem Apparat stehen, denn hinter dem schmalen Fenster drängten sich die gelben kleinen Bällchen. „Schau einer an!" Ein Teil der kleinen Enten war schon ganz trocken, ein anderer noch feucht, und einige mußte man sogar erst von der Eierschale befreien. Am Schluß zählte er vierzehn Küken in den Korb und setzte ihn auf das Trockengitter über dem Herd. Da kam Ilona herein.

„Nun, Sie haben ja schön aufgepaßt. Hier im Korb sind vierzehn Entenküken ..."

„O weh. Das habe ich wirklich vergessen, aber ich weiß auch gar nicht, wo mir der Kopf steht. Die Kinder, das Geflügel, die Schweine ... mit allem fertig werden! Jetzt renne ich noch in den Laden, dann hole ich den Schinken. Ich setze zuvor nur noch Wasser auf ..."

„Es ist ja alles in Ordnung, Ilona. Meiner Frau scheint es auch besser zu gehen ..."

Der alte Doktor saß schon draußen auf der Gartenbank.

„Sie schläft", sagte er, „ruhig und tief. Das ist die beste Arznei." Dann saßen sie da und hatten das Empfinden, als würden sie selbst von der Krankheit, der Besorgnis und der Angst genesen.

Die Sonne schien, im Garten blühten die Pfirsichbäume, und der warme, duftende Hauch der sprießenden Wiesen drang in das Dorf. Die beiden Männer sprachen nicht, aber ihr Herz war voller Sonnenschein und Dankbarkeit.

„Wenn sie erwacht“, sagte später der Ingenieur, „bringe ich ihr die kleinen Enten ... Darüber freut sie sich immer ... Vielleicht sind sie schon trocken.“

Damit erhob er sich und ging in die Küche, blieb aber in der Tür wie erstarrt stehen. Der Korb lag um ..., und aus dem Wasser im großen Topf, das Ilona zum Kochen aufgesetzt hatte, hörte man ein Planschen ...

„Du lieber Gott!“ Er sprang zu dem Topf, in dem ein Teil der Entenküken vergnügt schwamm, und ihre kleinen schwarzen Augen glänzten von dem entdeckten Leben ...

Das Wasser war zum Glück erst lauwarm ...

*

Die Sonne schien zum Fenster hinein, als der Ingenieur endlich die getrockneten, wimmelnden, goldgelben Entchen hineinbringen konnte.

„Schau!“ Er stellte den Korb seiner Frau aufs Bett. „Sie wünschen dir glückliche und gesunde Feiertage ...“

„Oh, meine Lieblinge“, sie steckte die Hand zwischen die kleinen gelben Knäuel, „nun werde ich gesund ...“ Und Tränen traten ihr in die Augen.

Im Zimmer herrschte tiefe Stille, und erst nach einer ganzen Weile fragte die Kranke, ob es denn nicht irgendwo läute ...

„Nein, mein Herz, es ist ja Karfreitag."

Hierauf erwiderte niemand etwas, aber vielleicht dachten alle daran, daß die Trauer und die Freude im Klang der Glocken doch an diesem Tag geboren wurden. Und die Glokken werden klingen, klingen bis ans Ende aller Zeiten, solange es auf dieser Welt Menschen, Trauer und kleine Enten gibt.

NUR SO

Imre Töröks Witwe bemalte dieses Jahr keine Eier, obwohl sie – wie es hieß – sogar im Ausland begehrt waren.

Wenn man sie fragte, warum nicht, antwortete sie: „Nur so!“

Dabei hatte sie noch im vergangenen Jahr Eier so schön bemalt, daß selbst ihr Sohn Ferkó die Wunderwerke staunend betrachtete, obwohl er doch die Kunst seiner Mutter kannte.

„Mutter, ich hab' mir etwas überlegt“, hatte er gesagt.

„Und was?“

„In der Osternacht bringe ich ganz früh am Morgen, wenn es noch dunkel ist, die zehn schönsten Eier zu Tante Eszti. Ich komme vom Garten her und lege sie ihr in den Maiskorb, der immer im Kammerfenster steht. In der Frühe wird sie große Augen machen ...“

Frau Török konnte ein Lächeln nicht unterdrücken. ‚Dieser Ferkó ist kein dummer Junge ...‘

„Ich habe nichts dagegen. Sie wird sich darüber freuen ...“

*

Tante Eszti war Witwe und wohnte in der anderen Hälfte des Dorfes allein in einem schönen Häuschen mit allem, was dazu gehörte. Es war ein großer Garten, ein kleiner Weinhang und ein bißchen Feld rings um das Haus. Ihren Mann hatte sie vor zwei Jahren beerdigt, und es sah nicht so aus, als wollte sie wieder heiraten. Freilich, man kann in niemanden hineinsehen, aber Tante Eszti genoß einen makellosen Ruf.

Mit ihren Nachbarn lebte sie in Freundschaft, aber es war zweifellos so, daß sie, wenn sie sich im Garten aufhielt, häufiger nach dem Garten des unteren Nachbarn schaute, denn dort wohnte der Schuhmacher Vince Taligás, mit dem sie manchmal ein paar Worte wechselte – waren sie doch Freunde seit ihrer Kindheit, und nun gingen sie beide schon auf die Fünfzig zu.

„Wie geht es, Eszti?“

„Danke, Vince, eben so, wie es alten Leuten geht.“

Und sie lächelten sanft.

Einst war das nicht so gewesen. Einst dachten sie voller Liebe aneinander, dann aber kam dieser gottverlassene Krieg, und von Vince wußte man nur, daß er verwundet wurde und seither verschollen war.

Eszti wartete ein Jahr lang, wartete zwei

Jahre lang, und dann heiratete sie klug und in Ehren Jóska Banádi. Und im vierten Jahr kam Vince ins leere Haus zurück, denn kurz zuvor hatte man seine Mutter zu Grabe getragen.

Als sie sich das erstemal begegneten, reichten sie sich die Hand, wie sich das gehörte.

„Wie geht es, Vince?"

„Danke, Eszti, und dir?"

„Ich kann nicht klagen."

Jóska Banádi wußte von der Freundschaft der beiden, aber er sagte nichts, lud Vince aber auch nie ein, und den zog es auch nicht zu dem jungen Paar. Das anständige, nachbarliche Verhältnis jedoch wurde durch nichts gestört.

Freilich, einen Kranken zu besuchen, besonders wenn es der Nachbar ist, schickt sich nicht nur, sondern ist sogar Pflicht. Auch Jóska tat der nachbarliche Besuch gut. Er ahnte freilich nicht, daß Vince bald zwischen jenen schreiten würde, die ihn auf den Friedhof brachten.

Eszti blieb dann allein, und mit der Zeit dachte sie: ‚Es läßt sich auch allein leben; dieser arme Vince ist ja schon immer allein ... Herr verzeih!' Das war ihr wirklich nur so eingefallen. Und dann empfing sie den Gruß Vinces eine Zeitlang mit Zurückhaltung, wie es sich für eine Witwe ziemte. Später legte sich ihre Strenge; wen ging es schon etwas an? ...

Aber es war schwer, sich über Vince klarzuwerden, denn er war immer gleichmäßig freundlich, liebenswürdig und heiter. Er half ihr sogar im kleinen Weingarten, aber nur, wenn auch andere zugegen waren.

‚Dabei ist er ein so ordentlicher Mann!' dachte Eszti. ‚Wenn er nur nicht so schwerfällig wäre.' Und sie errötete.

Vince jedoch war gar nicht so schwerfällig, er war nur zurückhaltend und verspürte Hemmungen.

Wenn er abends seine Werkstatt aufgeräumt hatte, saß er auf seinem dreibeinigen Schemel und dachte an Eszti. ‚Gewiß', sagte er sich, ‚doch wie kann man es nur anfangen? Dabei ist sie eine so ordentliche Frau! ... Aber sie könnte vielleicht annehmen, mich reizte ihr kleiner Besitz ... Im Alter paßte sie auch zu mir ... Am Ende wird noch einer kommen und sie mir wegschnappen. Nun, wenn sie einen anderen haben will!' brummte Vince und haßte im voraus seinen Rivalen, gegen den er nichts tun konnte.

In solchen Augenblicken trank Vince einen Schnaps und brannte sich eine Zigarette an, das tat ihm wohl.

Morgen! Ja, morgen wird er zu ihr sagen:

„Schau, Eszti, was vorbei ist, ist vorbei ..., nicht wahr ..."

Es war schwer, und man mußte auch nicht so beginnen. Eszti würde ihn unter Umständen streng anschauen, dann wäre das Ganze für immer zu Ende.

In der kleinen Werkstatt war es duster geworden; da ging Vince hinaus, um die Tiere zu versorgen. Der Frühling hielt Einzug, und vom Garten her brachte der sanfte Wind den Duft jungen Grases.

Vince gab den Schweinen und dem Federvieh zu fressen und dachte, daß in wenigen Tagen Ostern sein wird. Sollte er am zweiten Feiertag zu Eszti hinübergehen und sie mit Osterwasser begießen?

Vince wurde mutlos.

Ein kindlicher Brauch ...

*

In der Osternacht wurde Ferkó durch den Wecker geweckt. Die Ostereier waren schon zurechtgelegt.

„Und sei ganz leise", gab ihm die Mutter mit auf den Weg. „Dann wird Tante Eszti in der Frühe Augen machen ..."

„Ich gehe in Gummistiefeln", sagte Ferkó, und der Mond leuchtete.

Die Mutter schaute stolz hinter ihrem Sohn

her. Sie dachte an das schöne Haus Esztis, an den Weingarten ... ‚Eszti hat keinen anderen Erben, nur Ferkó. Ein kluger Junge, daß ihm diese Idee mit den Eiern gekommen ist ... Eszti hat Ferkó gern ...'

*

Ganz allmählich brach der Tag dann an. Die Sterne begannen zu blinzeln, und Esztis Hahn rief so kräftig nach dem Morgen, als wüßte er, daß dies in der Osternacht erlaubt sei.

Eszti erwachte. Sie erwachte, obgleich sie einen so schönen Traum hatte. Unterhalb des Gartens hatte ein leuchtendes großes Feuer gebrannt, und irgendwo hatte Blasmusik gespielt.

Lächelnd öffnete sie die Augen; sie hatte das Gefühl, als ob das Bett sie hinausstieße. Und wieder krähte der Hahn.

‚Ich füttere schnell die Hühner', dachte sie, ‚und bereite mich dann gemächlich auf die Messe vor.'

Bis sie sich angezogen hatte, dämmerte es bereits im Hof, und als sie mit gewohnter Bewegung den Korb ergriff, erschien er ihr schwer. Sie schaute genauer hin und hätte ihn fast fallenlassen.

‚Vince', war ihr erster Gedanke, und wieder sah sie das große Feuer, von dem sie geträumt hatte. Da wußte sie mit einemmal, was sie tun mußte. Sie würde in den Nachbargarten gehen, die Hälfte der Eier Vince zurückbringen und ihm in den Korb legen.

Das Gras im Garten war noch feucht, aber sie empfand es nicht. Auf dem Gang huschte sie dahin wie eine Eidechse. Dort stand der Korb ... Ihre Hand zitterte. ‚Du lieber Gott! Wenn man mich sieht ... eins ... zwei ... drei ...‘

Und in diesem Augenblick – Eszti wäre fast in Ohnmacht gefallen – ging die Tür der Werkstatt auf, und Vince trat heraus. Er kam auf sie zu ... oder näherten sich nur seine Augen?

„Du hast also an mich gedacht? Ostereier ... liebste Eszti! So renn doch nicht fort!“

Eszti blieb stehen: „Soll ich bleiben?“

„Gewiß doch ... Ich wollte dir's schon so oft sagen ..., weißt du ..., für immer.“

*

Am Nachmittag ging Eszti zu ihrer Cousine, eben zur verwitweten Frau Török, die ihre Freundin und einzige Verwandte im Dorf war. Irgend jemandem mußte sie die Neuigkeit anvertrauen. Sie mußte ihre Freude mit jemandem teilen, und es schickte sich, daß Frau Török es war, die als erste von der Sache erfuhr.

Das Zimmer war recht duster, und Eszti gewahrte nicht, wie sich das Gesicht Frau Töröks verfinsterte und mit was für Augen sie auf den „Erben“ schaute, der dort in der Ecke saß.

Und es wurde schon ganz dunkel, als sie sich verabschiedete.

‚Die kann sogar noch fünf eigene Kinder bekommen‘, dachte sie und taumelte fast ins Haus zurück.

Das war im vergangenen Jahr gewesen.

Dieses Jahr bemalte die verwitwete Frau Török keine Eier, obwohl sie – wie es hieß – sogar im Ausland begehrt waren.

Und wenn man sie fragte, warum nicht, antwortete sie: Nur so!

SO SOLL ER KOMMEN

Ein Pferd läßt sich auf mannigfaltige Weise verkaufen. Ein gutes Pferd braucht man gar nicht erst auf den Markt zu bringen, sein Ruf spricht sich herum, und man kommt und kauft es aus dem Stall. Ein gewöhnliches Pferd muß man schon auf den Markt bringen, und dann findet jemand Gefallen an ihm oder auch nicht, aber ein schlechtes Pferd zu verkaufen, ist schwer, es an den Mann zu bringen, ist eine Kunst, ja sogar eine Wissenschaft. Und schließlich und letztlich ist es dann eine Freude, die gefeiert werden muß.

Und Péter Kalló (der Witwer) feierte denn auch. Sogar doppelt. Als sich mit der Übergabe des Viehpasses der Weg Rigós endgültig von dem seines früheren Herrn Péter Kalló trennte, sagte dieser wie nebenbei zum Käufer:

„... und der Kauftrunk ...“

Worauf der Käufer erwiderte:

„Nu-nu!“ Was in der Sprache der Marktleute bedeutet: „Es wäre mir eine Ehre!“

Das war der eine Kauftrunk; den anderen verzehrte er allein in einem anderen Zelt und in gehobenerer Stimmung. Die Erinnerungen an Rigó blühten hier wunderbar auf, deshalb hatte Péter an dieser Stelle noch einen Liter bestellt. Dabei dachte er, man müßte auch etwas essen, und er dachte auch an seine selige Frau, die ihn allein zurückgelassen hatte, und darüber wurde er traurig. Er zahlte daher schnell, denn die Erinnerung an seine Frau mahnte ihn zur Heimkehr.

Er dachte, er werde schon unterwegs etwas essen, und ließ sich daher in die Feldflasche noch einen Liter einfüllen.

„Der Weg ist nämlich lang“, erklärte er dem Schankwirt, „außerdem findet sich bis nach Hause nur ein einziger Brunnen, und in dem gibt es keine Frösche.“

„Ja, ja!“ sagte der Wirt weise, denn er wußte, daß das Wasser eines Brunnens, in dem sich keine Frösche aufhielten, nicht trinkbar war.

Darauf machte sich Péter Kalló auf den Heimweg mit einem Pferd, dessen Fohlen im Geschirr schon schön mitlief; deshalb brauchte kein neues Pferd gekauft zu werden. Soviel Freuden an einem Tag.

Als er aus der Stadt heraus war, hängte er die Zügel an die Lisse und vertraute das Weitere Csillag an, der alten Stute, die den Weg besser kannte als das ganze Vermessungsamt.

Die Saaten standen schön. Das frische Grün der Pappeln schimmerte fast golden, die

Sonne meinte es maßlos gut. Péter hielt daher neben einem berockten Mann an, der von weitem wie eine Frau ausgesehen hatte, in der Nähe aber stellte sich heraus, daß es ein Pfarrer war.

„Steigen Sie auf, Hochwürden!"

Der Pfarrer bedankte sich, stieg auf, doch Péter hatte sich gewaltig in ihm getäuscht, denn der Pfarrer zeigte sich sehr wortkarg. Die Feldflasche aber wies er geradewegs zurück ... Nach alldem sprach Péter allein, später aber umfaßte er liebevoll die Schulter des Pfarrers und sagte:

„Hochwürden, ich sage nichts Gutes und nichts Schlechtes mehr, wir wollen lieber ein Lied singen!"

„Ich kenne nur fromme Lieder", sagte der Pfarrer ausweichend und rückte ein Stückchen ab, was aber die wundervolle Laune Péters nicht trübte.

„Nun, wenn es nur daran liegt ... dann vielleicht das Lied: Gott mit dir, mein lieber Schatz ..."

Aber der Pfarrer kannte auch dieses Lied nicht, worüber Péter maßlos verwundert war, und er hatte nichts dagegen, als sein Reisegefährte sich bei der nächsten Wegkreuzung verabschiedete. Und nicht einmal zum Abschied nahm er die Feldflasche.

„Der hat sicher etwas mit der Lunge.“ Péter Kalló schüttelte betrübt den Kopf und nahm einen kräftigen Schluck, von dem er ein wenig benommen wurde. Gemächlich setzte er sich im Sitzkorb zurecht und sagte:

„Nun aber klug, Csillag ...“

Die Stute nickte zweimal, was in der Pferdesprache heißen mag: „Schlaf nur ganz ruhig.“

Daran fehlte es auch nicht. Péter schlief, schnarchte sogar, und später, eine ganze Weile später, erwachte er mit starken Kopfschmerzen. Er öffnete die Augen und schloß sie schleunigst wieder. Dann öffnete er sie erneut. Erst dachte er an die Hölle, aber dazu war es nicht heiß genug, obwohl das Feuer prasselte und es ringsherum dunkel war. Am Feuer saß eine entsetzlich alte Zigeunerin und grinste.

„Sind Sie also erwacht?“

Der erste Griff Péters galt seiner Brieftasche, aber die Brieftasche schwoll unter seinem Hemd, der zweite Griff aber galt der Peitsche, um Csillag diesen Streich heimzuzahlen. So eine Schmach! Während er schlief, hatte sie ihn zur Hütte der alten Naca gebracht.

„Es hat Sie gar niemand gesehen ... Haben Sie ein bißchen Tabak für mich?“

Das war beruhigend, aber daß Csillag ...

„Tun Sie dem Pferd nichts. Kálmán Rác, der Kálmán vom Meierhof, hat es hierher geführt. Er sagte, Sie wollten auf Brautschau ...“

Dann verging der Frühling, und es kam der Sommer. Péter Kalló lauschte und horchte, da aber nichts lautbar wurde, bekam die alte Naca eine Wurst geschenkt. Dann kamen der Herbst und der Winter. Die Sache geriet in Vergessenheit, aber wenn Péter unterdessen mit Kálmán Rác zusammengetroffen wäre, hätte das böse Folgen gehabt. Doch Kálmán wohnte im Nachbardorf, und selbst dort ganz außerhalb auf einem Gehöft, es geschah also nichts. Bis zum Fasching! Zur Faschingszeit aber sagte Eszti, die nun schon heiratsfähige Tochter Péters (wie doch die Zeit vergeht), einige Burschen wollten sie besuchen, Jóska, Kálmán ... und ...

„Was für ein Kálmán?“

„Kálmán Rác, der vom Gehöft ...“

Péter schaute zum Fenster hinaus.

„Der kommt mir hier nicht her.“

„Warum nicht?“ Das Mädchen drehte sich auf den Hacken um und wurde blaß, aber ihre Augen funkelten.

„Weil ich nein gesagt habe. Und nun kannst du hinausgehen!“

So blieben dann die Burschen weg, daheim aber wurde es wie in einem Armesünderhaus. Das Mädchen ging mit geröteten Augen umher, doch wenn man es ansprach, war es wie eine Klinge, die im nächsten Moment zuhaut.

‚Ganz ihre Mutter', dachte Péter, ‚aber ich werde sie schon kleinkriegen.'

Aus dem Kleinkriegen wurde nicht viel. Eszti verschwand zwar manchmal gegen Abend für einige Minuten; sie besuchte auch ihre Freundinnen, aber sonst war nichts. ‚Ob sie sich treffen?' fragte sich Péter.

‚Sicher treffen sie sich ...', antwortete er sich dann, denn Eszti trug den Kopf hoch wie ein selbstbewußter Märtyrer. Péter spannte den Bogen nicht weiter.

So verging auch der folgende Fasching. Péter behagte dieser Zustand nicht, und er wäre vielleicht auch zugänglicher geworden, wenn das Mädchen die Angelegenheit nochmal zur Sprache gebracht hätte, aber Eszti näherte sich ihm mit keinem Schritt.

‚Nun, wer dich heiratet!' dachte Péter, und das stimmte ihn sogar nachdenklich.

So kam der Tag der Korntaufe.* An diesem Tag pflegte es nicht zu regnen. Man weiß nicht warum, aber da regnet es nie. Auch an diesem Morgen lag über der Flur ein dunsti-

*Markustag (25. 4.), an dem eine Bittprozession durch die Felder gehalten wurde.

ges Flimmern. Ein leises Lüftchen streichelte die Fahnen, und der Gesang breitete sich sanft über die Saaten aus.

Draußen wandte sich der Pfarrer gen Osten, und da erblickte Péter Kalló seine Tochter, die er kaum wiedererkannte. Dieses trotzige, harte, in der letzten Zeit immer feindselige Gesicht war jetzt weich, und ihre Augen blickten friedlich ... ja, wohin schaute denn dieses Mädchen?

Nun freilich! Ganz am Rande stand der Bursche, und er stand da, daß er, wenn man die Erde unter ihm weggezogen hätte, wohl in der Luft stehengeblieben wäre.

Péter nickte und hatte das Gefühl, der Priester segnete zusammen mit der Saat in der Flur auch das junge Paar. Und zu Hause, nach der Suppe, sah er Eszti an.

„Und was diesen Burschen betrifft, so soll er kommen – wenn er will.“

DER HECHT

In den Naturkundebüchern steht, der Hecht sei ein gefährlicher Raubfisch. Die Naturkundebücher wissen sicher Bescheid, während Pali Lakatos es nicht wußte, weil sich Pali Lakatos mit keinerlei Wissenschaft beschäftigte. Dennoch wußte er viel, obwohl er das zehnte Lebensjahr gerade erst vollendet hatte.

Pali ging gewöhnlich in die Schule, die aber so gegen Ende Mai langweilig zu werden begann, obwohl die Schulbehörde alles unternahm, das Interesse der zehnjährigen Jugend wachzuhalten. Doch die Schulbehörde ging nicht angeln, und so konnte sie auch keine Ahnung von der Freude haben, die nach „Schließung der Schultore" über Pali hereinbrach.

Her mit der Angelrute und der ganzen Anglerausrüstung! So der Schnur, der kleinen, billigen Rolle, dem Schwimmer, dem Angelhaken und was alles noch dazugehörte. Her damit und dann hinaus zum Bach, denn wenn sich die „Schließung der Schultore" auch nur um einen Tag verzögert hätte, hätte Pali sie eigenhändig geschlossen.

Der Vater Palis übte den Beruf eines Friseurs aus, und wenn er seinem Sohn das Angeln auch gestattete, so war er doch von dessen Leidenschaft nicht gerade begeistert. Der Vater hätte gern gesehen, wenn sein Sohn – wie man zu sagen pflegt – in seine Fußstapfen getreten wäre, aber Pali mochte weder den Geruch der Seife noch den Duft des Kölnischwassers. Dem Vater aber ging es genauso mit dem Fischgeruch, und so bedurfte es des Bündnisses Palis mit der Mutter, daß die fingerlangen Weißfische in die Pfanne kamen.

Das waren die Vorereignisse.

Die Fortsetzung begann – und endete sogleich – am ersten Ferientag, als Pali schon um vier Uhr morgens zwischen den Weingärten dahineilte, wo noch der Duft verblühter Sauerkirschen in der Luft schwebte und der Kuckuck leichtfertig groß und klein gleichermaßen hundert Jahre prophezeite.

Vom Rebhügel konnte man bereits den kleinen Bach sehen, den die Einheimischen Fluß nannten. Nun, geflossen ist er ja auch. Ansonsten war es nur ein schmaler Bach, doch – was wahr ist, muß wahr bleiben – stellenweise hatte er tiefe Löcher, und es kam vor, daß das Wasser darin anderthalb Meter hoch war.

Das Zusammenbauen der Angelausrüstung Palis dauerte nur so lange wie bei seinem Vater das Abziehen des Rasiermessers, und das sind doch wahrhaftig nur wenige Augenblicke! Und nun folgte eine schöne Zeit, eine wundervolle, herrliche Zeit, was das Wetter betraf, und eine erstaunlich schlechte Zeit, was den Fang anbelangte. Dabei bewegten sich die Fische, mal hier, mal dort schnellten entsetzte Weißfische auf, aber der Schwimmer zuckte nicht ein einziges Mal. Was war hier los?

Währenddessen kam Mátyás, der alte, hinkende Schilfflechter.

„Die Binse ist doch noch zu klein, Onkel Mátyás."

„Heute will auch ich angeln, Pali; meine arme Frau ist krank, und sie hat Verlangen nach Fisch ..."

Pali, mit ein wenig Verdruß, machte dem alten Mátyás Platz. Und später sagte der Alte, man könne deshalb nichts fangen, weil ein großer Hecht die kleinen Fische beunruhige.

„Ferkó Csordás hat ihn sogar gesehen! ..."

„Ach, was dieser Ferkó Csordás sagt ..."

Dennoch holte Pali einen stärkeren Angelhaken hervor und bestückte ihn mit einer doppelten Portion Regenwürmer. Dann betrachteten sie das Wasser, in dessen geheimnisvollen Tiefen ...

„Paß auf!" schrie Mátyás. „Oh, muß der groß sein!" Pali brauchte gar nicht erst einzuschlagen, denn der Fisch nahm die Schnur mit, daß es dem Jungen fast den Atem raubte. Die Rute bog sich, die kleine Rolle rasselte, und als die Schnur abgerollt war, rannte Pali am Ufer entlang, und der alte Mátyás hinterher.

„Oh, muß der groß sein, oh, muß der groß sein ...“, rief der Alte und hinkte dabei, daß sein Knie fast die Erde berührte.

Nach langem Kampf ging dem Fisch der Atem aus, und er kam an die Wasseroberfläche: ein Hecht, reichlich einen halben Meter lang!

„Oh!“ stöhnte Mátyás. „Oh, wenn die Schnur reißt ... Zieh ihn näher heran.“ Und als der Hecht in Reichweite kam, flüsterte der Alte: „Welch ein Glück, daß ich lahm bin!“ – und versetzte dem Fisch mit seinem Krückstock einen Schlag gegen den Kopf, daß er auf dem Wasser liegenblieb.

Pali zitterten mächtig die Knie, und er war auch etwas blaß, als er den Fisch endlich in den Händen hatte.

„Den haben wir also gefangen ...“ Der Alte keuchte.

Pali empfand in seiner großen Freude ein wenig Bitterkeit.

„Die Schnur hat gut gehalten ...“

„Oh, wenn ich meiner Frau einen solchen Fisch bringen könnte“, sagte der Alte, und ein

Schleier schien sich über seine Augen zu legen.

„Was jetzt noch kommt, gehört Ihnen, Onkel Mátyás."

Aber nach dem Hecht kam nichts mehr – nur ein Zigeuner, den sie fortjagten, weil er ins Wasser gespuckt hatte. Und dann kamen zwei Störche, die Jagd auf der Wiese machten, es kam auch Ferkó Csordás mit der Kuhherde, und der meinte, der Hecht sei gar nichts im Vergleich zu dem, den er gesehen habe ... Aber ein Fisch kam nicht. Nicht einer biß mehr an!

So wie die Sonne zur Neige ging, so sank ihre Zuversicht und stimmte die beiden Angler traurig. Sie hatten alles versucht, Heupferdchen, Grashüpfer, kleine Frösche, ja sogar Maulwurfsgrillen als Köder genommen ... aber alles umsonst.

„Ei, ei", seufzte der Alte, „nun können wir heimgehen, mein Sohn Pali, sonst überrascht uns hier der Abend. Bis ich mit meinem schlechten Bein nach Hause komme ..., und Abendessen muß ich auch noch zubereiten."

Sie trotteten heimwärts. Wortlos und traurig.

„Gib ihm den Fisch", sagte eine innere Stimme zu Pali, aber er starrte nur zur Erde.

„Gib ihm den Fisch!" hörte er die Stimme

wieder, als sich der Alte verabschiedete, aber Pali sagte nur: „Gute Nacht, Onkel Mátyás ...“ Und nachdem sie sich getrennt hatten, begann der Junge zu rennen ...

*

Vater Lakatos war gerade mit dem Aufräumen der Barbierstube fertig, als sein Sohn mit dem Fisch hereingestürzt kam.

„Schaut, Vater!“

Der Friseur war erstaunt.

„Was ist das für ein ekelhaftes Vieh, was hat das für einen Kopf?“

„Ein Hecht! Der hat einen so flachen Kopf wie eine Ente ... Aber er ist schön groß, nicht wahr?“

Der Vater rümpfte die Nase, dann setzte er die Brille auf.

„Die Augen sind ganz gläsern ... Öffne die Kiemen! Die Kiemen ... heb sie noch mehr an, denn ich mag ihn nicht angreifen!“ Er schnupperte. „Der riecht ja ...“

Der Junge brach fast in Tränen aus, aber gleich neben der Bitterkeit keimte etwas anderes in ihm: etwas Gutes. Unentschlossen drehte er den Hecht hin und her und fühlte immer stärker eine Freude in sich aufsteigen: die große Freude des Freudebereitens.

„Dann, dann gebe ich ihn Onkel Mátyás.“

„Nun siehst du! Der wird sich darüber sogar freuen."

*

Die Augen des alten Mátyás blitzten auf, daß man sich daran eine Pfeife hätte anbrennen können, als Pali mit dem Hecht eintrat.

„Dein Vater schickt ihn wohl?"

„Nun, er sagte", gestand Pali, „er riecht nicht gut."

„Der", der Alte schnupperte, „der nicht gut riechen? Nun weißt du, mein Sohn, wie soll denn ein Fisch riechen? Vielleicht wie Brillantine?"

*

Müde trottete der Junge heimwärts und überlegte dabei, daß er seinen Fang von morgen auch dem Alten bringen würde. Ja. Und den von übermorgen auch.

SONNTAGNACHMITTAG

Nach der Nachmittagsandacht geht man in den Weingarten; das ist selbstverständlich. In den Weingarten geht auch der, der nicht zur Andacht war und doch sagt: „Nach der Nachmittagsandacht bin ich in den Weingarten gegangen." Freilich ist das ein frommer Betrug. Aber in den Weingarten geht man auf jeden Fall. Es ist nämlich allgemein bekannt, daß man nur im Weingarten nachdenken kann, unter dem alten Nußbaum, im Stübchen voller Spinnennetze, wo es nach Äpfeln riecht, das heißt – reden wir doch nicht darum herum –, nachdenken kann man nur im Keller. Im Keller ist es nämlich still und duster, die Düfte sind angenehm, die Welt ist weit weg, und Sorgen wagen sich hier kaum her, denn das Kreischen des Zapfhahnes ist ihr Tod, während andere Regungen sich hier wohlfühlen und sogar vermehren.

Kurz und gut, man geht in den Weingarten hinaus, nimmt den kleinen umflochtenen Krug mit, damit auch er nicht vor Durst umkommt, nimmt den Schnappsack mit Brot und Speck darin und Paprikaschoten von der spitzen Sorte, denn wenn es schon Paprikaschoten sind, dann müssen sie wenigstens nach etwas schmecken; und man nimmt das Pflänzlein der Gedanken mit, das gegossen werden will. Eben weil es ein Pflänzlein ist.

So trottet man dahin, warum auch sollte man eilen. Es ist doch Sonntag, fortgeschrittener Nachmittag, und der Weinkeller reißt nicht aus, er wartet, gemächlich wie jemand, der seiner Sache sicher ist.

In der Luft schweben spätsommerliche, würzige Düfte, die Sonne bescheint bereits den unteren Teil der Weinstöcke, damit der giftgrüne Blick der unten hängenden Trauben sanfter wird, die Wespen umsummen die eine oder andere reifere Beere, bevor sie sie anzapfen.

Kein Lüftchen rührt sich, wo sollte an einem solchen Augustnachmittag auch der Wind herkommen? Wenn er sichtbar wäre, würde jedermann sehen, daß er, Arme und Beine von sich gestreckt, am Heckenzaun schläft. Jedermann würde ihn sehen und ihn auslachen, deshalb ist er unsichtbar.

Der Schlüssel steckt im Strohdach und hat die Eigenschaft, rostig und groß zu sein und nicht immer gleich auffindbar, denn wer sollte sich noch genau erinnern, an welche Stelle er ihn beim letztenmal gesteckt hat? Damals war es schon dunkel und auch schon spät. Das stimmt. Die Frau kann es bezeugen, die nur auf die Uhr blickte, aber kein Wort sagte …

Mit dem Schlüssel hat man also keine Eile, denn er ist ein uraltes Gerät, und man muß seinem Kreischen im Schloß lauschen, wenn er den Riegel auf den Bart nimmt und schließlich kracht wie ein Pistolenschuß. Das ist schön, und dahinter verbergen sich Erinnerungen.

Dann wird der eine Flügel der Tür geöffnet und bleibt auch offen, denn es könnte jemand vorbeikommen, der hineinruft: „He, bist du hier, Jancsi?“ Obwohl, wer konnte es anders sein, und dann beginnt ein angenehmes Gespräch, aber die Tür bleibt auch offen, damit die Sonne hereinscheint und damit die einsame Hummel hinausfliegen kann, die sich an der Fensterscheibe schon fast den Kopf eingerannt hat, weil sie das Loch nicht wieder fand, durch das sie hereingekommen ist.

Die Hummel fliegt also hinaus in den Nachmittag, und Jancsi, das heißt genauer, Jancsi Pillés Domonkos, schließt hinter der Hummel die Tür. Er ist also für die Außenwelt nicht da. Nein. Und ohne ein Wort zu sagen, geht er mit dem Schnappsack aus dem Preßhaus in den Keller. Seltsam. Dann zischt das Streichholz, die kleine Flamme der Kerze flakkert, der Zapfhahn kreischt, und Jancsi füllt sich dreimal das Glas, bevor er sich setzt und bevor er vor Wut fast platzt. Die drei Gläser des kühlen Trunkes jedoch schaffen in Kürze Ordnung zwischen den kreuz und quer galoppierenden Gedanken, stellen die grimmigen auf die eine Seite und auf die andere die sanften, die schwächlich sind und nur eben existieren.

Erst jetzt nimmt er den Schnappsack ab, setzt sich auf den kleinen Schemel und sagt: „Es ist eine große Schmach, eine riesige ..."

Und erneut trinkt er, daß die sanften Gedanken verschwinden wie der Rauch im Nebel, während die auf Rache sinnenden hervortreten wie Pappeln in frostiger Nacht. Und sie wachsen, wachsen immer weiter, als hätte Jancsi sie mit Lebenswasser gegossen, obwohl er sie mit Riesling gießt, freilich mit dreijährigem, was berücksichtigt werden muß.

Außerdem schmerzt Jancsi sowohl die Seite als auch das Knie. Diesen Schmerz hat eine Kuh namens Julcsa verursacht, die ihn heute morgen schon zum zweitenmal getreten hat, die schnaubte und den Kopf schüttelte zum Zeichen, daß sie auch die Hörner gebrauchen würde, wenn es sein müßte ...

Diese Kuh aber hat Jancsi von Illés Káposztás Kis gekauft, der obendrein sein Gevatter ist und der mit keinem Sterbenswort erwähnt hat, daß die Kuh so veranlagt ist.

„Ein Gevatter der Hunde“, spuckt Jancsi aus und gießt dann weiter die Pappeln.

„... Er will, daß ich zum Krüppel werde ... aber warte, Illés! Diesen Tritt bekommst du zurück, bekommst du von mir zurück.“

Währenddessen schreitet die Zeit gemächlich voran. Was war, ist vergangen, und was kommt, gebiert bewundernswerten Mut und erschreckende Pläne. Draußen sind die Sterne schon aufgegangen und sehen zum Glück nicht, daß der Mann Zunder in eine kleine Blechbüchse packt, aber nur in eine Ecke, während sich sonst in der Büchse Streichhölzer befinden, die im geeigneten Augenblick in Flammen aufgehen können, zur gegebenen Zeit.

Wie gesagt, die Sterne sehen nichts, denn sie wären vor Schreck vielleicht heruntergestürzt; wohl wahr, auch Jancsi sieht die Sterne nicht.

Dabei leuchten sie schön am Himmelszelt und schauen herab auf die Erde. Die Wespen haben sich schon zur Ruhe begeben, die Bäume lispeln schläfrig, und unter dem Heckenzaun kriecht der Wind hervor und badet schwebend im nächtlichen Duft des Thymians. Der Wind weht hin und her, noch ein wenig müde und tastend. Er stößt gegen die alten Mauern, gegen die Bäume und Büsche und stößt auch gegen das uralte steinerne Kreuz, das schwankt, und da es schon hundert Jahre an dieser Stelle steht und seine Zeit gekommen ist, stürzt es mit einem mächtigen Krach um. Der Wind scheint erschrocken zu sein, er macht sich davon, und plötzlich entsteht Totenstille.

„Was war das?" Jancsi springt auf, denn ihm ist, als hätte sich die Erde bewegt. „Was war das?"

Die Pappeln der Rache zittern, Jancsi aber taumelt in die Nacht hinaus. Nur Stille. Nichts weiter. Er steht eine Weile da, seine Stirn kühlt sich ab, und als sich seine Augen an die Dunkelheit gewöhnt haben, sieht er es plötzlich.

„Das Kreuz!"

Er geht hin, umschreitet es, befühlt die Steine. Dann steht er da, schaut zum Himmel empor, schaut auf die Erde herunter und fühlt sich sehr einsam. Er hat das Bedürfnis, mit jemandem zu sprechen, da aber niemand da ist, geht er in den Keller zurück und läßt die Tür sperrangelweit auf, vielleicht kommt jemand.

Aber es kommt niemand. Nur die stille Nacht fließt in den Keller hinein, und die

Nacht hat jetzt einen Duft wie die verwelkten Blumen draußen auf dem Sims des steinernen Kreuzes.

Da nimmt er den Zunder aus der Büchse, legt ihn auf den Balken hinauf, bläst die Kerze aus, und von Zeit zu Zeit stehenbleibend und mit seinem Stock auf der Erde tastend, schreitet er heimwärts.

*

Es ist eine schöne Nacht! Sanfter Frieden träumt zwischen den Weinstöcken, und über den Wipfeln der Bäume lauschen die Sterne dem klagenden Lied der Käfer.

IMMER IM KREIS

Ich habe das Dreschen mit Pferden noch erlebt.

Die Sonne scheint, die Pferde waten bis an die Knie zwischen gelösten Garben, das Stroh bricht, in der Luft schwebt nach Sommer riechender Staub, und aus der sinnenden Stille der Gärten blicken Äpfel in die Welt.

„Hüh, Fecske! Szellő!"

Die Pferde gehen keinen Schritt schneller. Das „Hüh" ist auch gar kein Antreiben, man sagt es nur von Zeit zu Zeit vor sich hin, damit man sich nicht so allein fühlt.

Über der Wiese segeln Störche, auf dem Rasen besprengt man mit der Gießkanne das Linnen, das davon bleichen soll. Und freilich von der Sonne. Das Wasser rollt wie Perlen auf dem Linnen, die Störche kreisen in der Luft, die Pferde auf dem Dreschplatz. Manchmal muß man sie am Zaum ziehen, denn Pferde gehen nicht gern im Kreise.

„Hüh, Fecske!"

Die Sohle des Dreschplatzes besteht aus gestampftem Lehm, und bei jedem Schritt der Pferde prasseln die Körner auf den harten Boden.

Die alte Frau hat vorhin schon einmal herausgerufen, das Mittagessen sei fertig, aber der alte Péter hatte den Ruf wohl absichtlich überhört. Nun kommt die Schwiegertochter.

„Kommt, Vater, das Kind ißt nicht eher."

Der Alte sieht mich an.

„Würdest du inzwischen die Zügel übernehmen, Pisti?"

Als Zügel dient eine Leine, man braucht sie nur zu halten, nichts weiter. Wir drehen uns im Kreis. Manchmal sage auch ich:

„Hüh, Fecske!"

Das Pferd schaut auf die Stimme hin zu mir herüber, und es akzeptiert mich. Wir kennen einander. Im Dorf brummt die Dreschmaschine. Hier nicht.

Wir dreschen mit Pferden.

*

Die Maschine summt, der Motor tuckert. Es ist die erste Dreschmaschine, die erste Dreschmaschine im Dorf. Als sie auf dem Bahnhof ankam, schmückten die Mädchen sie mit Blumen, und Péter Cser, der Sohn des alten Péter, führte die Pferde. Selbst die Pferde hatten Blumen hinter den Ohren, Pfingstrosen. Der alte Péter betrachtete die unschuldigen Blumen mit strengem Blick, sagte aber nichts. ‚Später', dachte er.

Obwohl: was später kommt, kommt gewöhnlich zu spät.

Und von nun an wurde im Dorf nicht mehr mit Pferden gedroschen. Die Maschine zog von Haus zu Haus und verschlang die Garben. Sie drosch die Körner aus, sonderte sie von der Spreu, und der reine Weizen ergoß sich in die Säcke wie im Krämerladen der Reis in die Tüte, nur gelb wie Gold. Die Maschine sortierte die Körner sogar. Ja, die Wissenschaft ist schon etwas Großes!

Bei Csers mußte man damals einen Torpfosten ausgraben, damit die Maschine durchkam, aber man grub ihn gerne aus.

Als man den Pfosten umsetzte, sagte der alte Cser zu seinem Sohn: „Stampfe ihn nur kräftig an, er wird nun für immer und ewig dort bleiben." Der Sohn stampfte die Erde fest, nachdenklich und ohne ein Wort. Es ist nicht gut, wenn man solche großen Worte gebraucht wie „immer und ewig". Aber der Sohn dachte nicht daran.

Die Maschine konnte nun auf den Hof fahren, sie begann zu summen; von weitem klang es wie die Orgel. Die Orgel der Erde und des Brotes, der Arbeit und der neuen Zeit.

Die Maschine klang schön, alle lauschten ihr.

An jenem Abend rührte der junge Péter

kein Essen an, er war sehr müde. Doch die Müdigkeit saß innen. Er schleppte sich nur noch und hatte das Gefühl, es nicht länger auszuhalten.

„Hast du dich vielleicht überhoben?"

„Nein."

„Nun, dann iß."

„Ich mag nicht."

Die Augen des Alten verengten sich. Plötzlich sah er die blumengeschmückten Köpfe der Pferde, und ihm war, als säße ihm ein Stein im Magen.

„So sag, was du hast, wenngleich ...", und er verschränkte die Arme auf der Brust, so fest, daß er die beiden Ellbogen in den Händen hielt.

„Es ist wegen Agnes. Ich dachte ...", brachte der Junge mit belegter Stimme hervor, und er schaute auf seine Mutter, aber auch sie sagte nichts. Sie schaute nur in die Lampe.

„Solange ich lebe, bringst du mir diese Bettlerin nicht hierher."

Die Mutter schwieg.

Das Abendbrot blieb auf dem Tisch stehen, und der Sohn kam erst am Morgen nach Hause.

Am nächsten Tag ereignete sich dann das Unglück. Die Maschine lief noch, da kann man den Riemen nicht vom Schwungrad herunterziehen, man muß warten, bis sich der Lauf des Rades verlangsamt. Aber Péter wartete nicht. Das Rad faßte ihn, drehte ihn einmal durch die Luft, nur einmal, dann blieb es stehen.

Da entstand lähmende Stille, dann aber setzte ein großes Rennen ein, Lärm. Man trug Péter hinein aufs Bett, und der alte Cser wandte keinen Blick von ihm, solange er nur konnte.

Nach der Beerdigung aber rückte er den Torpfosten wieder auf seinen alten Platz zurück. In seinen Hof durfte die Maschine nicht wieder herein, mochte sie auch summen wie die Orgel, hier richtete man jedes Jahr den Druschplatz her. Die Pferde gingen rings im Kreise, hier wurde mit Pferden gedroschen.

„Hüh, Fecske!"

Jetzt halte ich die Zügel, die aus Hanf gedreht sind und die man mal straffen, mal nachlassen muß, damit die Pferde die Körner überall austreten. Man dreht sich und glaubt, auf der Stelle zu bleiben, obwohl das nicht ganz stimmt. Man sagt zwar auch in der Schule, die Sonne sei ein feststehender Stern, doch das ist nur so eine Erfindung. Erstens gibt es Sterne nur in der Nacht, und zweitens sieht es sogar ein Blinder, daß die Sonne in der Frühe aufsteigt und abends wieder untergeht. So ist es auch mit dem Mond und mit den Jahren.

Das Grab Péters war noch nicht einmal bepflanzt, als seine Mutter eines Abends sagte: „Dieses Mädchen hat ein Kind bekommen."

Der alte Cser antwortete nicht, er sprach zu dieser Zeit ohnehin kaum ein Wort und auch später nicht viel. Er mied sogar die Straße. Ein harter Mann war er, zäh, sehnig, und in seinem Magen saß der Stein.

Aber daß man seine Äpfel stahl, das duldete er nicht. Diese Bäume hatte noch sein Sohn Péter gesetzt, davon sollte niemand stehlen. Und einmal sah er, daß sich die Äste bewegten. Er ließ den Hund los und kam dann gemächlich unter den Baum – mit der Peitsche in der Hand. Er schaute hinauf und sagte kein Wort. Ihm wurde schwindlig, die Welt drehte sich mit ihm – oder war die Welt stehengeblieben und hatte sich seit dreißig Jahren überhaupt nichts ereignet?

„Komm runter, Péter!"

„Tun Sie mir auch nichts?"

„Ich tu dir nichts."

Mißtrauisch kam der Junge vom Baum, mit Äpfeln in seinem löchrigen Hut. Der Junge keuchte, auch der Alte.

„Nun, gib mir deine Hand!" Und sie gingen auf das Haus zu.

„Es ist saure Milch da und frisches Brot – deine Großmutter hat heute gebacken. Und wenn du gegessen hast, gehen wir und holen deine Mutter."

*

„Hüh, Fecske!"

Das Stroh raschelt, und weich und golden schwebt der Staub. Der Garten schweigt, im Dorf summt die Dreschmaschine, aber wir dreschen mit den Pferden.

Wenngleich ... vielleicht zum letztenmal.

Vor kurzem war ein Maschinist da und maß die Breite des Tores. Und der alte Péter sagte:

„Nun, wenn Sie den Pfosten versetzen, ich habe nichts dagegen ..."

NACH DER ERNTE

Die Stiefel des Hirtenjungen waren staubig, seine Stirn war schweißnaß, und er schlug mit seinem Hakenstock auf die Erde.

„Ich war im Dorf, auch bei den Zigeunern; ich habe das Grabenufer abgesucht, das Wäldchen – nirgends eine Spur."

Der Schäfermeister schwieg.

„... Jetzt gehe ich zu dem alten Galamb."

Der Schäfermeister kratzte sich die langen Stoppeln am Kinn.

„Da kannste hingehen, es ist genauso, als hätte das Meer deine Schafe verschlungen."

„Ein so großer Schuft kann er doch nicht sein ..."

„Der? Der alte Galamb? Einen größeren hat die Erde noch nie getragen. Aber geh nur, so lernst du wenigstens."

Der Hirtenjunge zerrte am Riemen seiner Tasche und brach auf.

*

Auf der Weide war es jetzt still, obwohl die Glocke manchmal erklang, und die Schafe zogen grasend langsam weiter. Hier war der Rand der Weide von allerlei Disteln gesäumt, dahinter folgten gelbe Weizenfelder, das heißt, meist Stoppelfelder, denn der größte Teil des Getreides war schon abgeerntet, und auf den Puppen lauerten Würger und Krähen auf Heupferdchen. Die Schafe grasten auf der Weide, während der Puli mit seinem Nachwuchs auf dem Stoppelfeld war. Der junge Puli war zwar nicht größer als ein Bundschuh, aber sein Selbstvertrauen war maßlos, deshalb bellte er auch die Krähen an, die wie er erst in diesem Jahr geboren waren und die Angelegenheiten dieser Erde noch nicht durchschauten. Sie flogen eine oder zwei Puppen weiter. Der alte Puli hielt Jagd auf Mäuse, zog aber erschrocken die Schnauze aus einem Mauseloch, weil hinter den Schafen jemand rief:

„Siehst du das nicht? ..."

„Gewiß sehe ich es", schien der Puli zu antworten und rannte laut kläffend los. „Wie sollte ich es nicht sehen, habe nur einen Blick in das kleine Mauseloch geworfen ..." Und er trieb das Schaf, das sich auf das Stoppelfeld verirrt hatte, auf die Weide zurück, deren Grenze nur ein so dummes Schaf nicht sah. Es konnte freilich auch sein, daß es sich nur so dumm stellte. Der Puli schaute nun auf seinen Herrn, der ihm mit einem Wink bedeutete, daß alles in Ordnung sei – genug des Lärmes, denn er überlege jetzt.

Stille. Die Herde schob sich gemächlich dahin, und über der Landschaft schwebte der warme Strohgeruch der trocknenden Getreidepuppen. Die Schatten waren schon steil, der ferne Brunnenschwengel zitterte in der Hitze, und der alte Galamb rechnete.

‚Zweihundert bekomme ich für sie, vielleicht auch dreihundert. Umherstreifende Schafe gehören niemandem. Sie gehören doch niemandem?! Natürlich nicht! Ich hab' sie weder gestohlen noch weggetrieben. Sie sind von ganz allein gekommen. Für den Rest könnte ich Tabak, vielleicht auch etwas Zucker kaufen ... außer der Fußbekleidung, die aussieht wie schöne kleine Bundschuhe, die man heute aber Sandalen nennt. Und die rot sind.'

Die Herde zog dahin, der Wald war schon nahe. Sein herber Duft strömte auf die Weide heraus.

‚Ich werde nichts sagen, sie ihr nur am frühen Morgen aufs Bett stellen.'

Der alte Galamb lächelte vor sich hin, denn er dachte an seine Enkelin, die einzige, die obendrein Waise war. Die Schafe aber konnte man suchen, die waren an sicherer Stelle. ‚Nein, hierher sind keinerlei Schafe gekommen. Diese Herde besteht aus zweihundertachtzehn Stück, die Augen mögen dem ausfallen, der mehr sieht.'

Hier war der Wald. Das trockene Laub raschelte, die Schafe zupften noch da und dort an einem Busch, dann steckten sie die Köpfe zusammen, denn von der Erde her kam Kühle, und die Schmeißfliegen kreisten über ihnen.

Die Quelle war weiter drinnen im Wald. Der alte Schäfer aß und trank, dann legte er sich im Schatten eines dichten Weißdornbusches neben der Quelle ein wenig nieder. Unmittelbar neben der Herde hielten sich die Insekten auf, dort konnte man nicht ruhen, und der Puli bewachte die Herde. Dieser Halbschlaf tat ihm wohl. Es war, als würde der Schlummer über die alten Augen rieseln. Obwohl ...

Da kamen welche zur Quelle. Er sah sie zwar nicht, aber er konnte sie hören. Der Krug platschte auf das Wasser und gluckste. „Gluck, gluck", sagte der Krug. Sein Besitzer jedoch sagte etwas anderes.

„... Ich verstehe nicht, warum du dich plötzlich so sträubst."

„Nur so."

„Wir bringen den Weizen zur Dreschmaschine, und niemand wird es sehen, wenn wir auf dem Rückweg im Maisfeld einen Sack abladen – wie im vergangenen Jahr."

„Nein."

„Bist du ganz von Sinnen?"

„Ich will damit nichts mehr zu tun haben."

„Warum? Sind dir die paar Scheine im vergangenen Jahr nicht gelegen gekommen?"

„Erst schon ... ich will's nicht bestreiten ..., aber dann ..."

„Was heißt, aber dann?"

„Nun hör zu, Jancsi. Ich habe mir dafür ein Beil gekauft, dann hat sich mein kleiner Bruder zwei Finger damit abgehackt ..."

„Weil er ungeschickt war!"

„Mag sein. Außerdem kaufte ich Julis ein paar Stiefel, schöne Stiefel, aber sie rieben ihr den Fuß wund, daß man ihn fast abnehmen mußte."

„Da war ein rostiger Nagel drin, der Schuster hat ihn nicht herausgezogen."

„Auch das ist möglich. Den Rest habe ich dann vor Ärger vertrunken. Es kam zum Streit, ich habe das Messer gezogen und Ferkó verletzt ... Auf solchem Geld ruht kein Segen, das heißt, damit hat man kein Glück. Ich will das nicht wieder. Na, füll deinen Krug endlich."

Sie gingen. Das trockene Laub raschelte noch eine Weile in ihrer Spur, dann wurde es still. Der Schäfer betrachtete die hohen Wipfel der Bäume und die kleinen blauen Flecken des Himmels.

‚In der Sandale gibt es keine Nägel', sagte er

bei sich, ‚die werden geklebt.‘ Aber er konnte nicht mehr einschlafen. Zum Überdruß schwirrte ihm auch noch eine Mücke um die Ohren und summte hartnäckig und beunruhigend.

‚Es kann auch sein, daß sie genagelt werden ...‘

*

Die Herde trottete heimwärts, schläfrig tönte dann und wann die Glocke, der Puli ließ die Zunge heraushängen, der alte Galamb aber schaute etwas verärgert auf den Hirtenjungen aus dem Nachbardorf.

„Drei Stück sind euch entlaufen, hast du gesagt, was bist du denn da für ein Hirtenjunge? ...“

Das Bürschlein schaute zur Erde, und der Schweiß floß ihm an der Nase herunter.

„Nun ... allein ...“

„Na, freilich. Komm am Abend zum Pferch, dann bekommst du deine Schafe.“

Er schenkte dem Hirtenjungen keinen einzigen Blick mehr. Als wäre er gar nicht dort gewesen. Er kümmerte sich nicht um ihn, hatte andere Sorgen, dachte angestrengt darüber nach, ob diese verdammten Sandalen tatsächlich geklebt werden oder vielleicht doch genagelt ...

ENDE AUGUST

Verschlafene, nach Staub riechende Stille. Die Umwelt will es durchaus nicht glauben, daß der neue Tag angebrochen ist, aber die Dämmerung mildert die Dunkelheit, und die Schwalben huschen unter den Dachtraufen hervor; gähnend rekeln sich die grauen Bäume, und die Strohfeimen heben träge ihren Rücken aus dem Schatten. Noch recken sich die Strohhalme, noch hauchen sie die nach Brot duftende Wärme der Stoppelfelder aus, aber das ist nur noch der bittere Zucker des Vertrocknens, die alternde Erinnerung an die jungen Weizenfelder.

Es ist noch kühl; im Garten schwebt kraftlos der Geruch nach Dill, nach Wachs aus dem Bienenhaus, den Ranken der bauchigen Gurken, aber während sich vom Osten die Helligkeit ausbreitet, drückt der Frühdunst die Düfte nieder in die aufgewühlten Nester der gerodeten Kartoffeln.

Es wird wärmer. Von der Wiese trollt sich unter die Hecke im Garten ein Igel heimwärts, heurige Spatzen schimpfen über das stachlige Ungeheuer, mit dem man sich zwar abfindet, das aber immer wieder Schrecken einflößt.

Die Wiese ist kahl und mag es nicht, wenn die Sonne sie so ausdörrt. Die Wiese ist kahl, und auch der Himmel ist kahl, die Weiden stehen schief am Ende der Wiese, am Bachufer, als wollten sie ihr kummervolles Haupt eben ins Wasser stecken oder als hätten sie es gerade daraus hervorgezogen. Doch das Wasser ist niedrig, und die Frösche ziehen sich unter das Ufer, damit ihr Rücken sich nicht aus dem Wasser wölbt als Leckerbissen für Reiher und Störche.

Denn – schlimm genug – es gibt auch Störche auf der Welt, jetzt mehr noch als im Frühjahr, und sie machen jeden Ausflug der Frösche aufs Trockene lebensgefährlich. Aber die Störche stehen jetzt nur da, lassen als Schutz gegen die Wärme sogar die Flügel herunterhängen, und sie sehen sich von Zeit zu Zeit an, als würden sie sagen:

„Nun, was zuviel ist, ist zuviel ... wie soll das hier erst zu Mittag werden!"

Die Luft ist trocken wie der Staub in der Ziegelei, und es ist kein anderer Laut zu hören als dann und wann das Pfeifen eines Ziesels, was eine Ermahnung an die Artgenossen ist, die jetzt am Eingang der Löcher Männchen machen, um weiter sehen zu können. Diese Haltung ist anmutig, zugleich aber auch gefährlich, denn die Gefahr kommt von oben, und siehe da, einer der Mutigen zappelt bereits verzweifelt in den Fängen eines Bussards, offenbar zum letztenmal.

Über dem Hügelrücken zittert die Luft, wie vom Schüttelfrost erfaßt, trotz aller Wärme, der Schatten der Königskerze zeigt schon den Morgen an, hie und da streicht heilend ein Pflug über die rissigen Stoppelfelder, und dahinter steigt Staub empor, als würden die Ochsen rauchen, obwohl sie nicht mit Kohle geheizt werden, sondern mit Luzerne.

Unterhalb des Waldes trottet düster der Schäfer dahin, denn er denkt an den Waldhüter. Drinnen im Wald aber schreitet ebenso düster der Waldhüter, denn er sieht den Schäfer und kennt dessen Absichten ... Und sie wünschen sich gegenseitig Dinge und gebrauchen Ausdrücke, die in keiner Sittenlehre zu finden sind. Dabei haben beide recht, zwar nicht, was ihre Wünsche angeht, sondern was ihre Absichten betrifft. Der Schäfer möchte seine Herde weiden, und das ist seine Pflicht; der Waldhüter aber gestattet dies nicht, weil das von ihm so verlangt wird. Weiden jedoch kann man bei dieser Wärme nur noch im Wald, das aber darf man nicht, denn die Schafe richten Schaden an, mehr als sie wert sind. Da gibt es keinen Pardon, da hilft kein Mittel! Das heißt, nur Geduld ... neben dem

Schäfer trottet der Pumi in seiner Funktion als Adjutant, sogar als Hauptadjutant. Eine Weile galt seine ganze Aufmerksamkeit dem Wald, nun aber kümmert er sich nicht mehr darum.

„Ei da", sagt der Schäfer, „sollte dieser Taugenichts fortgegangen sein?" Der Schäfer schaut auf den Hund, der Hund schaut auf den Schäfer. „So sieh doch mal nach." Der Schäfer winkt nach dem Wald, worauf der Hund im Dickicht verschwindet und einige Minuten später an einer anderen Stelle am Waldessaum wieder auftaucht. Dann setzt er sich hin und kratzt sich. Diese Beschäftigung läßt jeden Sterblichen an Flöhe denken, obwohl es in der Sprache des Pumis heißt:

„Weit und breit niemand, da hab ich Zeit, mich zu kratzen ..."

„Dann treib sie, mein Hund." Der Schäfer winkt, und die Herde dreht still in den Wald hinein.

So kommen dann alle zu ihrem Recht.

Die Weide ist wieder regungslos, das Feuerrad der Sonne steigt funkelnd den Himmelshügel empor, und an der Quelle, tief im Wald, schläft schnarchend der faltige, beleibte August.

Er schläft und empört sich. Freigebig hat er ausgestreut, was er hatte, und das Regiment über die Welt der Sonne anvertraut. Er schläft und hört nicht, daß der Mais den Todesmarsch bläst und daß seine geschrumpften Blätter anmuten wie die aus Menschengebein gefertigten Flöten tibetischer Lamas.

Die Sonne erreicht den Zenit, es ist Mittag.

Die Erde glüht, und alles ist regungslos. Nur die Schwänze der Ochsen, die ihre Mittagsrast halten, peitschen um sich, denn aus dem Wald strömen Schwärme von Bremsen zum blutigen Überfall herbei. Es ist ihre Zeit und die Zeit der Heupferdchen, die Schwarmlinien bilden und in großen Sprüngen die Weide überqueren, wenngleich bei dieser Hitze das Springen ein seltsames Vergnügen ist.

Später setzen sich die Pflüge wieder in Gang, die Bremsen ziehen sich in den Wald zurück, der Schatten wendet sich gleich einem Uhrzeiger dem Nachmittag zu, und es ist, als würde hinter den Hügeln die Sehnsucht nach der Dämmerung seufzen.

Auf dem Hügel gibt es Weingärten und Bäume, stachlige Heckenzäune und alte Preßhäuser; vor den Preßhäusern stehen kleine Bänke, in den strohgedeckten Dächern hausen Wespen, und hinter den kleinen Fenstern herrscht Stille und der Geruch nach vorjährigem Treber. Die Wespen summen, als würden wiederkehrende Klänge längst verstummter

Baßgeigen gleich einem Echo in der Luft schweben, und draußen an den Weinstöcken reifen neuer Rausch und neuer Kummer.

Die Trauben verstecken sich unter den Blättern, die vom Spritzmittel blau gefärbt sind, sammeln den Zucker, aus dem das Glück wird wie auch das Unglück, und sammeln den Zukker, von dem beides vergeht. Die blinde Fensterscheibe des kleinen Preßhauses blickt auf den Weingarten und wartet auf den Most, damit er gärt, zu neuem Wein wird, von dem sich selbst das Strohdach hebt (besonders wenn der Wind weht) und sogar zu rauchen beginnt, denn die reifere Jugend hat zu Hause den Kellerschlüssel entwendet; sie brät Speck und ißt ihn mit Paprikaschoten, trinkt Wein dazu und schwört Liebe, wenn jemand da ist, die Schwüre zu hören.

Das alte Preßhaus schweigt und ist wohl einverstanden damit, denn es ist auch berauscht; doch ihm schmerzt weder der Kopf noch der Magen, es hat auch keinen Kater am nächsten Tag, der Bußfertigkeit auslöst, der ein starkes Gelübde und die heilende Absolution folgen.

Doch unterdessen beginnen bereits die Blätter des alten Nußbaumes zu winken, und die reifenden Trauben tauchen in der braunen Strömung der Dämmerung unter.

Der Himmel im Westen glüht rot, der Abend ist schon aufgebrochen aus dem Wald (gleich dem Schäfer), und die Käfer des Herbstes zupfen an ihren kleinen Zithern.

Die sanfte Musik des Herbstes erklingt, obwohl die Sterne bereits am Himmel stehen, und nach dem regen Markttreiben des vergangenen Tages beginnt die ewige Witwe, die Nacht, mit ihrem großen, schwarzen Besen den Kehraus.

SEPTEMBER

Der alte Mann saß am Tisch und schaute zum Fenster hinaus. Sein Blick glitt in die Ferne. Den Hut hatte er im Schoß, den Stock zwischen den Knien, und seine Augen waren starr geradeaus gerichtet. Hinter dem Fenster sah man, zwischen zwei Geranientöpfen hindurch, den Schornstein des Nachbarn. Und auf dem Schornstein ein Storchennest. Am Nestrand versuchten junge Störche ihre Schwingen: Sie hüpften von Zeit zu Zeit hoch und hielten sich auch einige Augenblicke in der Luft.

Der alte Mann nickte.

Es war Anfang Juli. Der Morgen war dunstig und warm, und der Alte wartete darauf, daß man ihm den Schnappsack mit Lebensmitteln für die Woche füllte. Er wäre schon aufgebrochen, denn die Hütte wurde nur von seinem Hund bewacht, aber er konnte noch nicht gehen, weil die verwitwete Tochter draußen in der Küche noch immer mit dem Enkel beschäftigt war.

„Na, komm schon, Peterle ...“

„Erst will ich zu essen ...

„Du bekommst dann; heute gibt es Flammkuchen, aber mach schnell, dein Großvater wartet ..."

„Ich gehe nicht!"

„Ich wasch dir nur's Gesicht."

„Nein. Erst will ich was zu essen ..."

Der alte Flurhüter sah den Störchen zu. Jetzt waren beide Altvögel auf dem Nest, und sie beobachteten aufmerksam, wie die Jungen von einem Schornstein zum anderen flogen. Es war vielleicht ihr erster Flug, denn nur mit Mühe und Not erreichten sie das Ziel, aber sie erreichten es. Nur der dritte der jungen Störche zögerte noch. Die anderen beiden hatten die kurze Strecke schon zweimal zurückgelegt, der dritte sprang zwar in die Luft, ließ sich dann aber erneut aufs Nest zurück. Und als er schon zum drittenmal aufhüpfte und sich wieder aufs Nest niederlassen wollte, versetzte ihm einer der Altvögel von unten einen Schlag mit dem Schnabel, daß er vor Schreck oder vor Schmerz fast aus dem Nest gestürzt wäre, aber da flog er endlich – hin und auch zurück. Da beugten die Altstörche den Hals zurück und klapperten.

Der alte Flurhüter aber stand auf und ging in die Küche hinüber. Der Junge saß auf der Bank, struppig, ungewaschen und schlang die Beine umeinander.

„Dein Großvater ist da, nun komm." Die

Frau schaute auf ihren Vater. Sie sah ihn lange an, ließ dabei die Hände hilflos und erschrocken sinken. In der Küche wurde es still.

„Zwing ihn nicht, Mari. Pack für uns beide, Brot und was du sonst hast. Der Junge kommt mit mir."

„Ihr nehmt ihn mit, Vater?"

„Ja!"

„Er hat nicht mehr viel freie Zeit", sagte die Frau flehend, „ich habe ihn fürs erste Schuljahr einschreiben lassen ..."

Der Alte stieß den Mantel auf die Bank, daß die große Schnalle mit kaltem, hartem Klang gegen die Waschschüssel schlug.

„Es ist besser, wenn du die Sachen für Péter in den Schnappsack seines Vaters packst. In meinem ist kein Platz mehr. Eine Decke nehme ich aus dem Stall mit."

Die Augen der Frau wurden feucht, der Junge zog sich erschrocken in die Ecke zurück.

„Beweg dich!" Der alte Mann sah ihn mit kühler Strenge an; da glitt der Junge flink von der Bank.

*

Das war im Juli, Anfang Juli, und jetzt ist September. Zeitiger Morgen. Der Mais schweigt, denn in der Nacht hat sich Tau auf die geschwätzigen Blätter gesetzt, und auch die Grillen sind verstummt, die Saiten ihrer Zither haben sich in der Nüchternheit des Erwachens gelockert.

Nur das Feuer lebt noch unter der Asche und tastet mit weichem, blauem Rauch nach der Morgendämmerung.

In der Hütte bekommt die Kürbisblüte allmählich ihre goldene Farbe. Aus ihr wird nun freilich kein Kürbis mehr, aber das ist nicht schlimm. Am Bachufer krächzt ein Rabe, er weckt die Umwelt, und sein Weckruf klingt grimmig, weil sich niemand danach richtet.

Der alte Flurhüter trottet über den kleinen Steg und schaut zum Raben hinauf.

„Was zum Teufel lärmst du hier, meinst du, die anderen wüßten nicht, daß es schon Morgen ist?"

Vor der Hütte schürt Péter das Feuer. Der Alte bleibt im Mais stehen, bevor er ins Freie tritt, und beobachtet das Kind. Lange und lautlos. Das Feuer flammt auf, manchmal kracht es, als würde jemand trockene Zweige zerknacken, wenngleich: das Feuer knackt sie ja auch.

Das Kind gähnt.

„Du hättest noch liegen bleiben können." Der Alte tritt heran. „Es ist noch Zeit."

„Ich habe Wasser geholt, und ich mußte

mich auch waschen. Man sagt, dort sehen sie auch die Hände an ..."

„Nun, deine können sie ansehen ..."

Das Kind hält seine beiden kleinen Hände vor sich.

„Kommt Ihr auch mit zur Schule, Großvater?"

„Wenn du es möchtest ... obwohl, wer sich nachts hinaus in die Flur wagt, wer sich traut, einen fremden Wagen anzuhalten ... und du hast dir's getraut ..."

„Ich habe keine Angst!"

Der Alte legt Weintrauben auf die Decke und Äpfel, schöne rote.

„Aber ich komme trotzdem mit, warum sollte ich nicht? Solche aber", er zeigt mit dem Kopf nach den Früchten, „wird dort niemand haben."

Der Rabe ist verstummt, auch der Schein des Feuers erlosch im Strahl der Sonne, stumm reift die Flur, und nur der Alte trottet mit seinem Enkel auf dem stillen Feldweg. Jetzt hält er ihn an der Hand, denn der heutige Weg ist von großem Gewicht. Worte fallen nicht, aber der Händedruck sagt alles. Mehr ließe sich selbst mit der längsten Rede nicht sagen.

Am Himmel ziehen Störche gen Süden, und als der Alte aufblickt, läßt er die Hand des Kindes für einen Augenblick los.

‚Ich kann ihn nun schon allein gehen lassen', denkt er, dann aber greift er doch wieder nach der kleinen Hand.

So verschwinden sie in der Biegung, und hinter ihnen bleibt wohltuende, warme, goldschimmernde herbstliche Stille auf dem Weg.

MARIKA

Das Kirchweihfest in Gyaloka fiel auf den Stephanstag.

Um diese Zeit schickten sich die vor Hitze stöhnenden Stoppelfelder schon zum Schlafen an, und in den Köpfen der Sonnenblumen hatten die Blüten bereits den Kernen Platz gemacht.

Die Dreschmaschinen standen schläfrig auf den Dreschplätzen, und ihr großer Rachen lachte den Strohfeimen entgegen, aus denen sie an Tagen, die viel Schweiß kosteten, die gelben Weizenkörner gedroschen und die schlanken Weizenhalme zerschlagen hatten.

Die Strohhalme knisterten, als ob sie sich noch einmal gerade recken wollten wie vor kurzem, als sie in der Flut der wogenden Weizenschläge standen; und ihr sterbender Duft verbreitete sich über den Gärten, wo Äpfel sich vom feurigen Kuß der untergehenden Sonne röteten.

Festtagsstimmung schwebte in der Luft.

Festtagsstimmung und Stille.

So empfand es auch der kleine Miska Botos. Beglückt hielt er seinen Hut in der Hand. In der Tasche hatte er einen glänzenden Gulden, auf dem Hut einen Rosmarinzweig, und rings um ihn herrschte festliche Stimmung.

Selbst Tante Kati war jetzt ganz anders als zu Hause, wo er sie nur mürrisch und streitsüchtig kannte.

Aber Miska liebte Tante Kati dennoch. Miska liebte jedermann, denn er hatte eine spiegelblanke Seele, sie leuchtete vom Glanz der Güte. Miska sah jedermann lächelnd an, deshalb erwiderten auch alle Menschen sein Lächeln. Das Dorf liebte Miska, und er wußte das.

Heute morgen, nachdem er das Vieh versorgt hatte, zog er seinen Festtagsanzug an und klopfte bei Onkel Máté, seinem Bauern, lachte ihm mit seinen strahlenden Augen entgegen, und Onkel Máté hatte gleich das Gefühl, sanfte Arme veranlaßten ihn, seine Brieftasche zu ziehen, und Miska brauchte nur noch die Hand nach dem Gulden auszustrekken.

„Und was wirst du für dein Liebchen kaufen, Miska?“ fragte er.

Miska lachte nur. „Ich brauche kein Liebchen, was sollte ich mit ihm anfangen?“

Dann trat er hinaus in den Hausgang, wo die Rosmarinsträucher Tante Katis in der Sonne badeten, und brach sich einen Zweig für seinen Hut.

Tante Kati sah es durch das Fenster und schüttelte den Kopf. „Ei, seh sich einer diesen Jungen an.“ Aber sie sagte nichts zu ihm, denn am Kirchweihtag galten nicht die gewöhnlichen Gesetze. So wußte es auch Miska, der ein Waisenkind war. Wenn er sonst auch einen großen Bogen um die ängstlich gehüteten Blumen machte, heute war es für ihn selbstverständlich, sich einen Rosmarinzweig abbrechen zu dürfen.

Miska zog mit Tante Kati zur Kirchweih, sie nahm ihn bei der Hand genau wie früher, als er noch ein kleiner Junge war, und er schritt mit ernstem Gesicht zwischen den rauschenden Röcken der Frauen. Miska war schon fünfzehn Jahre alt, aber er hielt noch immer die Hand der Alten.

Schwalben flogen und zwitscherten, in der Hand der Kinder schrillten Pfeifen und Trompeten. Der mit Musik vermischte Lärm zwischen den Zelten ließ die Augen Miskas noch heller leuchten.

„Sei zum Abendbrot zu Hause, mein Sohn“, ermahnte ihn Tante Kati, denn zum Mittagessen war Miska heute woandershin eingeladen.

Beim Lebkuchenmann schenkte man für einen Kreuzer Honigwasser aus. Das war nicht viel Geld, wirklich nicht viel, aber Miska dauerte es, seinen Gulden wechseln zu lassen. Er schaute nur auf das begehrte Getränk. Zwar hätte er gern getrunken, aber es ging nicht ...

„Nun, Junge, trinkst du ein Glas?“ Jemand ergriff seine Schulter. Miska erkannte Onkel Vince schon an der Stimme, denn nur seine Stimme war so tief, als käme sie aus einem Keller.

„Gern ...“

„Nun, dann geben Sie uns eins“, brummte er zu dem dickbauchigen Lebkuchenmann, „aber eins von den größeren.“ Miska lächelte Onkel Vince an und bedankte sich für das Honigwasser.

Es ging auf Mittag zu. Die Menge zwischen den Zelten lichtete sich, und als – bimbam – die alte Glocke zum Mittag rief, blieben nur die Bettler und die Marktleute im schwülen Schatten der Zelte zurück.

„Na, Miska, noch ein wenig von diesem gefüllten Kraut“, nötigte man ihn beim Mittagessen. Miska wäre am liebsten gegangen, aber vom Tisch konnte man nicht so einfach wegrennen.

Als der Bauer sich die Pfeife anzündete, sagte er zu Miska:

„Mein Sohn, nimm Marika mit zum Festplatz, und paß auf sie auf. Heute treiben sich da allerlei Leute herum, da ist es mir lieb, wenn sie bei dir ist.“

Miska nahm also Marika bei der Hand – ei, welch weiche Hand dieses Mädchen hat! –, und sie schritten auf die kleine Pforte zu. Als sie auf der Straße waren, entzog Marika Miska ihre Hand.

„Wir gehen ja nicht mehr in die Schule ...“

Das stimmte. Auch Marika war schon vierzehn Jahre alt, und so gingen sie jetzt nebeneinander her wie die Erwachsenen. Marika schaute manchmal auf Miska, und dann lachten sie sich an. Dann und wann trafen sich auch ihre Hände, aber das war offenbar Zufall. In der Menschenmenge vor den Zelten wurden sie eng aneinandergepreßt, und Miska faßte dann Marika am Arm, damit sie nicht getrennt wurden.

Sie gingen schon das zweitemal die Zeltreihe entlang, ihre Augen sogen die glänzenden Herrlichkeiten auf. Beim Karussell wurde es ihnen vom Zuschauen ganz schwindlig, und sie lachten mit den Mitfahrenden. Miska hielt auch hier die Hand Marikas fest, damit nicht jemand sie in das Gewühl stieß. Die Augen Marikas glänzten, und sie sagte beglückt:

„Miska! Wenn ich Geld hätte, würde ich eine Runde für dich bezahlen ...“ Und ihre kleine Hand schien jetzt ihren richtigen Platz in der Faust Miskas gefunden zu haben.

In der Tasche Miskas drückte sich kalt der Gulden.

Diese Kälte drang ihm hinauf bis ans Herz und machte es hart.

‚Ich lasse ihn nicht wechseln', dachte er, ‚erst beim Lebküchler ... oder beim Märchenerzähler ...'

So zogen sie auf und ab. Marika war heiter, ihre glücklich strahlenden Augen ruhten jetzt viel öfter auf Miska. Wenn sich Gelegenheit bot, gab sie ihm ihre kleine Hand.

Aber Miska lachte nicht mehr. Zum erstenmal in seinem Leben.

Hartnäckig lag das Geld in seiner Tasche, und sooft er danach griff, versengte es ihm förmlich die Finger. So ging der Tag dahin.

Aus dem Wirtshaus drangen Musikklänge auf die Straße, den Saufbruder Dani hatte man bereits hinausgeworfen, daß es nur so krachte, es ging also schon auf den Abend zu.

„Man müßte sich auf den Heimweg machen."

Miska streckte manchmal schon die Hand aus, um etwas zu kaufen, Marika sah ihm pochenden Herzens zu, aber dann preßte er die Lippen wieder zusammen und ging an den Zelten vorbei, als besäße er keinen Heller.

Unter den Zelten brannten bereits Kerzen, die Marktleute waren schon im Aufbruch begriffen, und eine namenlose Trauer bemächtigte sich der Herzen beider Kinder: Nun konnte man nichts mehr kaufen.

Sie schlugen den Heimweg ein.

Es war dunkel. Marika reichte Miska ihre Hand, und er hielt sie schuldbewußt in der seinen.

Der Gulden aber lachte kalt in seiner kleinen Tasche.

Die beiden Kinder gingen, ihre Schultern ganz nahe beieinander. Marika steckte Miska ihr Spitzentüchlein in die Tasche, und Miska gab Marika seinen Rosmarinzweig.

Ein unbekanntes süßes und zugleich trauriges Gefühl erfaßte ihre Herzen, und sie erwachten erst, als sie vor dem Haustürchen standen: Sie waren angekommen.

Aus der Ferne drangen die Musikklänge hierher, das Dorf summte, die Sterne erwachten.

Sie sahen einander nicht mehr, aber in ihren festverschlungenen Händen fühlten sie das Schlagen ihrer Herzen.

„Nicht wahr, Miska", flüsterte das Mädchen, „im nächsten Jahr, wenn du Geld hast, dann kaufst du mir ein Geschenk zur Kirchweih?" Und Marika schmiegte sich an Miska, so daß er alle Knöpfe ihrer nach Lavendel duftenden kleinen Bluse spürte.

Von Miskas Herz wich die Kälte des Guldens.

„Gott soll mich bestrafen, wenn ich dir keins kaufe!“ Und er strich dem Mädchen über die Wangen, als wäre es eine zarte Blume.

Hinter Marika schloß sich das Türchen. Schon tauchte ihre wiegende Gestalt im Lichtschein der Küche auf, und sie schaute sogar nochmal zurück. Das Herz Miskas klopfte heftig – dann blieb er allein.

Er stand noch eine Weile da, doch da kamen Leute die Straße entlang, so schritt er zögernd weiter, aber nur um weiterzugehen ... er ging und ging. Über der Wiese leuchteten Glühwürmchen, und er kam erst zu sich, als er auf dem Hügel anlangte und die kleinen Lichter des Dorfes unter sich sah.

Die verhallenden Musikklänge drangen noch zu ihm hinauf, und das Licht der Milchstraße leuchtete zu ihm herunter.

Da griff Miska in die Tasche und schleuderte den Gulden in das schwarze Nichts.

Nach und nach schlossen sich die Fensteraugen des Dorfes, und Miska streckte die Arme nach dem Tal aus, als wollte er jemanden umarmen, und er rief zu den Sternen hinauf: „Marika!“

DER ALTE MANN UND SEIN HUND

Hier gabelte sich der Weg, links lag mit ihren roten Dachziegeln die zweitürmige Stadt, rechts mit seinem blauen Schornsteinrauch das Dorf, weiter hinaus führte die sich im Nebel verlierende Pappelallee. Links unnützes Gewimmel und lästiger Lärm, rechts herbstliche Stille.

„Woran denkst du, Peták?"

Der Hund schaute den alten Mann nur an, saß vor ihm, zusammengezogen, traurig und grau.

Der Morgen war unschlüssig, kühl, auf Wärme wartend. Der alte Wandersmann schaute über den fernen Weg und stieß mit seinem abgegriffenen Stock auf die Erde.

„Ich wage es nicht, mich auf den Weg zu machen, mein Hund, in der Stadt bekomme ich vielleicht ein Medikament. Heutzutage gibt es schon vielerlei Medikamente."

Ein winziger, matter Hoffnungsschimmer kam auf, und der Hund erhob sich.

„So wollen wir also gehen", der Alte winkte in Richtung der Stadt, und sie zogen los. Langsam wurden die Häuser größer und traten an den Straßenrand. Dann standen sie immer dichter, und hie und da ragten Stockwerke empor. Der Hund schaute von Zeit zu Zeit zurück und rückte immer näher an seinen Herrn heran. Später blieb er hinter ihm, folgte ihm aber dicht auf den Fersen.

„Recht so", sagte der Alte, „bleib nur nicht zurück in diesem Gewimmel."

„Wo ist hier die Apotheke?" fragte er jemanden.

„In der Hadházistraße. Warum nehmen Sie Ihren Hund nicht an die Leine?"

Zum Dank für die Auskunft stieß der Alte mit dem Finger gegen seinen Hut. „Ich will es nicht", und sie zogen weiter.

„Wo ist die Hadházistraße?" fragte er eine Frau.

„Es ist die Parallelstraße, gehen Sie die zweite Querstraße rechts."

„Parallelstraße. Na, komm, Peták."

Schließlich fand er die Apotheke doch.

Seinen Stock lehnte er außen neben die Tür.

„Hier wartest du!"

Der Hund sah, wie sich die Tür öffnete und schloß, dann setzte er sich neben den Stock und beobachtete die Klinke, aber ein Auge hatte er auf der Straße, wo zu allem Überfluß Menschen kamen und gingen, und er fühlte sich völlig verlassen. Fremd waren ihm der Lärm, die Gerüche, die Umgebung, und hinter diesem

Fremden beschlich ihn etwas, etwas Schlechtes, irgendeine Beklemmung, die er draußen in der freien Flur leichter ertragen hätte.

Auch der Apotheker war schon ein älterer Mann. Er betrachtete den bärtigen Landstreicher und streichelte ihn mit seinen Blicken.

„Ich könnte Ihnen eine Arznei geben und sicher keine schlechte, aber ich habe mir etwas anderes überlegt. Gehen Sie ins Krankenhaus und suchen Sie Herrn Oberarzt Péter. Bis Sie hinkommen, weiß er Bescheid."

„Er weiß Bescheid?"

„Ich telefoniere es ihm. Aber setzen Sie sich, ich gebe Ihnen einstweilen etwas, denn Ihnen ist wohl schwindlig."

„Ein bißchen."

Als er das Glas absetzte, war von der Tür her ein Kratzen zu hören. Der Apotheker schaute nach, was es war, und als er die Tür öffnete, wagte sich Peták herein und ging geradewegs auf den alten Mann zu.

„Mein Hund. Mir ist, als ginge es mir schon besser. Dir aber hatte ich gesagt, du solltest warten; ist denn so auf dich Verlaß? Inzwischen kann jemand meinen Stock mitnehmen ..."

Peták schlich sich beschämt zur Tür und schaute auf den Apotheker, der lächelnd wieder die Tür öffnete, und Peták brachte den schweren Stock hereingeschleppt.

Der Alte erhob sich.

„Wir bitten um Entschuldigung wegen der Störung.“ Er bückte sich nach dem Stock und taumelte. „Und auch, daß dieser Hund ... aber für mich ist er wie ein Mensch. Oberarzt Péter hatten Sie gesagt?“

„Ja, Oberarzt Péter; aber warten Sie, ich gebe dem Hund etwas.“

Dergleichen hatte Peták noch nicht gesehen, der Apotheker brachte das Fleisch auf einem Teller. Auf einem wundervollen, geradezu verdächtigen Teller.

„Nun friß“, sagte der Apotheker.

Aber der Hund, obwohl er sich vor Aufregung setzte, starrte nur seinen Herrn an.

„Das hat dir ein guter Mensch gegeben“, sagte der Alte, worauf Peták das Fleisch auf zweimal verschlang und den Teller blitzblank leckte.

„Hab ich nicht gesagt, es ist ein guter Mensch?“

Peták leckte hierauf dem Apotheker die Hand, schnupperte an seinen Schuhen und wedelte mit dem Schwanz.

*

Als letzter ging der alte Mann hinein, aber seine Befürchtungen zerstreuten sich, denn der Doktor schickte seine Assistentin hinaus und schien die Lumpen des Alten gar nicht zu bemerken.

„Der Herr Apotheker ..."

„Ziehen Sie sich nur ruhig aus, hier ist es warm genug. Haben Sie Ihren Hund draußen gelassen?"

„Auch das wissen Sie schon?" Die müde Stimme schwang sich kaum empor und sank dann zurück in die Tiefe der Dankbarkeit. Der Doktor, als er sie hörte, hätte den verbrauchten, runzligen Körper fast umarmt, und er richtete sich langsam auf, um ein wenig Zuversicht in seinem Gesicht sammeln zu können.

„Sie müssen liegen, das Herz schonen. Wie alt sind Sie?"

„Achtzig. Aber mein Hund, Herr Doktor ..., und ich habe kein Geld."

„Es kostet nichts. Der Hund aber wird einen Platz bekommen und es gut haben, als wäre er bei Ihnen."

„Ginge es nicht mit irgendeiner Arznei? Ich habe tagsüber nie gelegen ... bekomme keine Luft im Zimmer ..."

„Es vergeht."

Der Alte las seine Lumpen zusammen.

„Es vergeht ... freilich, ich hätte mir's denken können."

Aber in dem Zimmer beruhigte er sich

dann, und vor Traurigkeit wurde er müde. Er schlief viel, und wenn er wach war, betrachtete er die gelben Blätter des Ahornbaumes vor dem Fenster. Die Blätter am Baum wurden weniger, immer weniger. Wenn sich die schwarze Angst der Herzbeklemmung näherte, brauchte er nur zu klingeln, und das war beruhigend. So viel Güte hatte er von den Menschen sein Lebtag nicht erfahren wie jetzt, während der paar Tage, da es schon zu spät war. Doch dessen war er sich nicht so sicher, denn manchmal fühlte er sich ganz wohl, besonders wenn ihn der Apotheker besuchte, der ein wohlgelaunter Junggeselle war und einmal sogar Peták ins Zimmer schmuggelte. Einen solch schönen Abend hatte er vielleicht sein ganzes Leben lang nicht gehabt. Er erzählte von seinem Leben, von Wegen und Landschaften, von Freunden und von Menschen, die dahingegangen waren. Dann schlief er ein.

„So wird er für immer einschlafen", sagte der Arzt draußen und wurde wortkarg, denn in jedem seiner Kranken sah er sich selbst, und dennoch, er wußte, daß jedes Vergehen nur dem gehört, der nichts mehr davon weiß.

Nach Mitternacht rief die Nachtschwester den Apotheker an, daß der alte Wandersmann ihn sprechen möchte. „Er wird den Morgen nicht erleben."

Als der alte Mann wieder aufwachte, saß der Apotheker schon an seinem Bett und neben ihm der Hund.

Er betrachtete beide, und ein feuchter Schleier legte sich über seine Augen.

„Peták ..."

Der Hund reckte sich und leckte dem Alten die Hand.

„Hier steht mein Stock neben dem Bett, nehmen Sie auch den mit. Peták und der Stock. Sonst habe ich nichts."

Es wurde still, eine langwährende, tiefe Stille.

Der Hund zog sich langsam in die Ecke zurück, sein Fell sträubte sich, später knurrte er, dann plötzlich sprang er auf und begann winselnd vor Schmerz zu heulen.

Es tagte bereits, als der Apotheker den abgegriffenen Stock in die Hand nahm.

„Komm, Peták."

Als sie das Krankenhaus verließen, ging der Hund voraus und schaute auf das vertraute Klopfen des alten Stockes immer wieder zurück.

„Ich komme, ich komme", sagte der Apotheker, und Liebe und Treue erwärmten sein Herz. „Jetzt sag mir nun noch, Peták, hab ich dich geerbt oder du mich? ..."

EIN TAG

Der Morgen war still, ein wenig neblig, aber die allmählich zunehmende Helligkeit zwischen den Blättern der Bäume versprach sonniges Wetter. Die lockeren Wolken hatte der anbrechende neue Tag über den Gärten stehenlassen, damit die Kälte nicht zwickte, denn die Zeit dafür war noch nicht gekommen.

Langsam begannen die Schornsteine zu rauchen, und der Rauch stieg empor wie einst vom Feuer Abels und versprach gutes Wetter und gute Menschen. Alles war in Ordnung, so mußte es auch sein, denn im himmlischen Kalender war für diesen Tag gewöhnlich strahlende Trauer angekündigt: nahes Strahlen und ferne Trauer. Es war Allerheiligen, dessen Strahlen in das Morgen hinüberleuchtete, in das trauernde, ewige Morgen: Allerseelen.

Doch heute war noch Allerheiligen, und die alte Frau sah sich die Astern an, aus denen sie Kränze binden wollte. Sie waren schön! Weiß, violett, blaß und verschwommen, denn auf der Palette der Herbstsonne gab es nur noch solche matten Farben.

Die alte Frau mit der großen Schere hatte sich schon gebückt, als die Klinke der kleinen

Gartentür klappte und der Hund höflich zwei- oder dreimal anschlug, als wollte er sagen, daß ein Bekannter gekommen sei. Die alte Frau richtete sich auf, und ihr Gesicht wandelte sich. Der Schuster. Er wird doch nicht die Schuhe bringen?

„Guten Morgen", grüßte der Meister mit singender Stimme, um den unangenehmen Eindruck ein wenig zu verwischen. „Guten Morgen, Gevatterin, Sie haben mich wohl nicht erwartet?"

„Nun ... wahrlich ... Guten Morgen! (Der Kuckuck soll den Gevatter holen, der will Geld haben ...) Aber gehen wir doch hinein."

Und sie gingen wortlos aufs Haus zu, denn der Meister dachte daran, daß er mit den Schuhen wohl zu früh gekommen sei, das Geld aber unbedingt benötigte. Die alte Frau würde nun in der Kommode jeden Heller zusammensuchen, die Summe würde aber in keinem Verhältnis zum Preis der Schuhe stehen ..., doch wer konnte das ahnen?

„Treten Sie nur ein, obwohl ..."

Der Meister schlug das Papier auf, und der Ledergeruch der nagelneuen Schuhe verdrängte die Unzufriedenheit. Die Schuhe waren schön, aber noch konnten sie zu eng sein, dann hätte man sie für einige Tage zurückgeben können ... Aber die Schuhe waren durchaus nicht zu eng. Die alte Frau betrachtete sie an ihren Füßen … Was sollte sie jetzt machen? Sie wollte wahrlich niemandem etwas schuldig bleiben, dem Gevatter am allerwenigsten, so eilte sie in die Nachbarschaft hinüber und schickte die Tochter der Nachbarn zu ihrer Schwägerin, die ihr Geld schuldete, die ihr sogar viel schuldete, hatte sie doch deren Haus vor der Versteigerung gerettet. Doch das brauchte der Schuster nicht zu wissen, das waren Familienangelegenheiten …

Sie bot dem Gevatter also ein Gläschen Branntwein an und verwickelte ihn in ein Gespräch, mußte doch das Geld in wenigen Minuten da sein. Sie würde es in der Küche entgegennehmen, und damit hatte es sich dann. Sie wurde ganz aufgeräumt, und in ihrer lauten Unterhaltung hörten sie nicht einmal das Öffnen der Tür, und schon stand das Nachbarmädchen im Zimmer. Keuchend und erhitzt.

„Tante Lidi läßt sagen, wer kein Geld hat, der soll sich keine neuen Schuhe machen lassen …"

Das war der Augenblick, in dem man das Summen einer Fliege zu hören pflegt, aber es gab keine Fliegen mehr, und die Stille wurde größer als nach einem Donner. Eine solche Schande! Die alte Frau wurde blaß, der Gevatter nahm seinen Hut.

„Nun, wenn es so ist, dann komme ich vielleicht nach den Feiertagen ...", und er faltete raschelnd das Packpapier.

„Morgen früh! Morgen früh können Sie nach dem Geld schicken, denn ich lasse diese Bettlerin aus ihrem Haus setzen, wenn sie nicht bezahlt. Du aber kannst gehen!" fuhr sie das Mädchen an.

Den Meister begleitete sie bis ans Tor, und zäh schwamm die Schweigsamkeit neben ihnen her.

„Morgen früh", stöhnte sie beim Abschied, „und über das Geschehene, Gevatter, kein Wort."

Die Augen des Meisters glänzten verdächtig, er schlug sie daher nieder, während er die Hand aufs Herz legte.

„Auf mich ist Verlaß."

Die alte Frau blieb auf dem Rückweg immer wieder stehen und schaute ins Nichts.

‚Diese Lidi muß ganz und gar den Verstand verloren haben. Ich werde sie nicht mehr sehen, selbst wenn ich über sie stolpern sollte ... obwohl, ich hab' auch manches gesagt ...'

Mit einemmal war es Mittag. Dies verkündete der Zeiger der Schatten, es verkündete die Glocke, und Mittag summten auch die Töpfe auf dem Herd.

Die alte Frau verzehrte langsam ihr Mittagessen, wusch ab, hantierte im Haus, zog sich um, setzte sich ans Fenster, schloß manchmal die Augen, dabei schlief sie vielleicht gar nicht.

‚Der Schlag soll den Schuster treffen, auch wenn er mein Gevatter ist.‘

Es dämmerte bereits, als sie die Kränze auf den Arm nahm. Die Blumen welkten schon, und ihr an Trauer erinnernder Duft legte sich auf das schwarze Gewand, aber in den neuen Schuhen ging es sich gut.

‚Warum auch hatte ich kein Geld im Haus? Daran lag alles … Ich schob den Verkauf des jungen Ochsen immer wieder hinaus, und nun habe ich die Bescherung.‘

Das Friedhofstor war sperrangelweit geöffnet, und auf dem Gottesacker verbreitete sich der schwere Duft von Herbstlaub, faulendem, dürrem Gras, von Thymian und dem Wachs der Kerzen. Später ertönte die kleine Glocke der Kapelle, und erfreut über die vielen Besucher, tanzte ihr Klang auf den goldenen Strahlen der untergehenden Sonne. Dann setzte summend die Messe ein, schwoll an wie die Flut, und als sie verhallte, hatten die Flammen der Kerzen schon die Augen geöffnet.

Die Sonne ging unter.

Der Abend war kühl und dunstig; Lämmerwolken drängten sich in die Hürde der Dunkelheit, und das trockene Laub auf dem Friedhof begann unter den heimkehrenden Füßen zu rascheln.

Die Kerzen der alten Frau waren schon weit niedergebrannt, und als auch die letzte aufflackerte, bevor sie in der Dunkelheit erlosch, strich die alte Frau noch einmal über das Kreuz, beugte das Knie und machte sich auf den Heimweg. An der Hand fühlte sie noch die Berührung des Kreuzes, unter ihren Füßen die Friedhofserde, im Herzen die Schollen der Erinnerung. Sie ging langsam, ihr ganzes Leben folgte ihr auf den Fersen, und erst am Kruzifix kam sie allmählich zu sich, denn nur noch hier brannte eine kleine Kerze, die allerletzte auf dem ganzen Friedhof. Vor dem Kruzifix ein zusammengesunkener schwarzer Hügel. Ein nickendes schwarzes Tuch, das ergeben zu allem sagt: „Ja, Herr, ja, ja. Aber ich möchte noch ein wenig weinen, Herr, denn ich bin eine Mutter ..."

Lautlos blieb die alte Frau stehen, und stehen blieben mit ihr auch ihre Erinnerungen, ihre Augen waren voller Tränen.

„Lidi!"

Dann ging sie hin und hob die andere von der dunklen Erde auf.

„Komm nach Hause, Lidi, du erkältest dich."

Die andere stützte sich auf sie, warf noch einen Blick in die Flamme der Kerze und auf alles, was dahinter war, und sie machten sich Arm in Arm auf den Heimweg.

Es raschelte das dürre Laub. Die heruntergebrannte Kerze flackerte, und nur die ausgebreiteten Arme des Kreuzes waren noch zu sehen – auf dem Friedhof zu Allerheiligen.

SCHNEE

Am Nachmittag erhob sich schwacher Wind und brachte schwere, graue Wolken von den Bergen her.

Plötzlich wurde es Abend. Weicher Nebel setzte sich auf die Dreschplätze, wo die Sperlinge schliefen und die Katzen auf Mäuse lauerten. Der Rauch roch nach Winter, der Schlag der Turmuhr klang von so weit her, als wäre es in fernen Märchen der Zapfenstreich für Zinnsoldaten.

Entlegen und still wurde alles mit einemmal. Die Wagen bogen leise knarrend zum Tor herein, die Pferde gingen mit der Freude der Heimkehr in den Stall, die Hühner saßen schon in den Zweigen des Maulbeerbaumes, und stumm lagen die Hunde vor den Türschwellen.

Es war still geworden im Dorf, die Straßen waren menschenleer, nur der Zigeuner kam vom Unterdorf her getrottet. Auf der Schulter brachte er ein dickes Stück Pappelholz, unter dem Arm trug er die Axt, und an seinem Hut steckte eine Hahnenfeder. Seine bloßen Füße patschten auf der weichen, schlammigen Erde. Mit einemmal blieb er stehen, setzte das Holz ab und schnupperte in die Luft.

„Es gibt Schnee. Schnee."

Wieder schulterte er das Holz, klemmte sich die Axt unter den Arm – wie Offiziere ihren Säbel auf der Promenade im Mai – und zog weiter.

Es begann zu schneien. Auf dem Gras des Kirchhügels sah man den Schnee bereits, und auch auf den Spitzen der Lattenzäune blieb er liegen. Und der Schneefall wurde dichter. Anfangs schwebten nur kleine Flocken vom grauen Himmel, aber jetzt schneite es schon munter drauflos.

„Armer Zigeuner", sagte einer der begüterten Bauern, bevor er das Tor schloß. Aber dann beschäftigten ihn andere Gedanken, denn er hätte das Holz bei gutem Weg aus dem Wald holen sollen; nun konnte sich der Schnee in Schlamm verwandeln, dann jedoch blieb das Holz im Wald. Verärgert ging der Bauer ins Haus und schlug die Tür hinter sich zu.

Der Zigeuner trottete weiter.

Das Pappelholz würde eine Backmulde ergeben. Die konnte er auf dem Markt verkaufen, wo es vergnüglich war, sich in der Menge umzusehen. In der Garküche würde Wurst in der Pfanne brutzeln, und auch er bekäme davon seinen Anteil …

Auf der Dorfstraße tauchte ein Auto auf, die Hupe ertönte, und der Zigeuner mit dem großen Stück Holz auf der Schulter und der Axt unterm Arm blieb stehen.

„Armer Zigeuner! Hast du ihn gesehen?“ fragte die Frau im Auto. „Er war barfuß ...“ Und sie zog ihren kostbaren Pelz fester um sich.

Der Zigeuner schritt gelassen heimwärts. Die Erde war schon weiß, und auf den Hausdächern waren nur noch die Schornsteine schwarz.

Ein Bursche eilte die Straße entlang. Seine Stiefel glänzten und ließen schwarze Spuren auf dem Weg zurück.

„Armer Zigeuner“, dachte er und schritt dann behutsamer, denn seine Stiefel sollten sauber bleiben.

Es schneite, und dann und wann blieb eine Flocke auf den Lidern des Burschen haften.

Es war fast schon dunkel. Lampen leuchteten hinter diesem und jenem Fenster auf, und ihre Augen blickten blinzelnd in die weiße Welt.

Der Zigeuner trottete dahin.

Solches Holz konnte er bekommen, so viel er wollte. Es ließ sich leicht bearbeiten, war weich wie Butter, und aus den Abfällen konnte er noch Holzlöffel machen. Auch diese würden sie auf dem Markt verkaufen. Vielleicht reichte es sogar zu einem Glas Wein. Die Waren würde seine Frau verkaufen, er aber spielte währenddessen auf der Fiedel, und wenn er auch kein Geld dafür bekam, so ließ man ihn doch nicht verdursten: „Trink, Zigeuner ..."

Aus einem schönen Haus kam eine alte Dame heraus, sie stützte sich auf ihren Stock und ging langsam und vorsichtig. Sie schaute vor sich, gewahrte aber den Zigeuner dennoch. Sie sagte nichts, dachte nur: ‚Nun, du Armer ...', und mit ihrem Stock tastend, verschwand sie im Schneefall.

Der Zigeuner war am Dorfende angelangt. Hier regte sich der Wind schon mehr. Die Bäume rauschten, die Distelstengel neigten sich, und die Schneeflocken tanzten wirbelnd in der Luft.

Am Waldessaum stand die Hütte, die Wände waren aus Lehmziegeln, das Dach aus Erde, und durch das handgroße Fenster leuchtete flackernder Feuerschein in den Abend und schien ihn heranzuwinken. Er warf das Holz ab, und hierauf öffnete sich die Tür.

„Hinein mit dir!" Der Zigeuner lachte. „Du erfrierst ..."

In der Tür stand ein nacktes, dunkelhäutiges Kind, und vor der Tür fiel weich der weiße Schnee.

Der reiche Bauer herrschte, nachdem er die Tür zugeschlagen hatte, seine Frau schimpfend an, das Abendbrot zu bringen, denn man habe in dieser verdammten Welt ohnehin nichts anderes als das Essen. Die Frau schob verärgert die Teller auf den Tisch, und nun aßen sie, wortlos und mit bitterem Geschmack im Munde. Ist denn das ein Leben?

Das Auto blieb draußen auf der Landstraße stehen. Der Mann hantierte ratlos am Motor, die Frau aber saß verstockt und mißmutig in ihrem Pelz. Zuvor war sie ausgestiegen und wollte Ratschläge geben, darüber waren sie in Streit geraten, das Auto aber stand. ‚Gut, mag er's allein machen, wenn er's kann.' Die Frau dachte, sie hätte jenen heiraten sollen, der einen Fahrer hatte …

Der Bursche mit den glänzenden Stiefeln war indes nach Hause gekommen. Er hatte die Stiefel ausgezogen und saß nun am Tisch. Vor ihm stand das Abendbrot, aber er rührte es nicht an. Auch seine Mutter aß nicht.

„Hierher bringst du mir diese Bettlerin nicht", hatte die alte Frau vor einer Stunde gesagt, und seither schwiegen sie. Im Gesicht des Burschen war die schwere Leidenschaft zu einem Stein erstarrt, im Mundwinkel der

Frau zeichnete sich bittere Entschlossenheit ab.

Und sie schwiegen.

Die alte Dame mit dem Stock saß an einem Tischchen und schrieb. Manchmal wischte sie sich die Brille, manchmal die Augen.

„Mehr Geld kann ich dir, mein lieber Sohn, nicht schicken, denn ich bekomme nirgends welches geborgt. Heute habe ich schon Ambrusens angehalten, du weißt, es ist das letzte, daß ich mich so erniedrige ..., aber sie haben mir nichts gegeben."

Die alte Frau weinte.

Draußen war das Dorf schon weiß von Schnee. In weißer Nacht weiße Wege, ein weißer Wald, und am Waldessaum blickte mit heiterem, rotschimmerndem Auge die Zigeunerhütte in die Welt.

Drinnen brannte das Feuer. Das Kind schlief bereits in der Ecke, auf seinem nackten Bauch spiegelte sich der Feuerschein. Die Frau schaute mit schläfrigem Lächeln auf ihren Mann. Was sie anhatte, war einst ein Hemd gewesen, ihre Schulter und ihre Brust glänzten wie Bronze.

Der Zigeuner aber, der arme Zigeuner spielte auf seiner Geige ...

Und draußen schneite es.

DEZEMBERMORGEN

Um diese Zeit werden die Morgen still. Der Wind streift nicht umher, die Rolldistel wandert nicht, und die trockenen Blätter wirbeln nicht von Flur zu Flur. Flimmernd blicken die Sterne zur Erde herunter. Die irdische Welt aber lauscht still und spürt nicht, daß der Rauhreif die sanften Hügelrücken mit Adventsstimmung überzieht.

Und ungewohnt zeitig öffnen sich die schläfrigen Fensteraugen der Häuser, schauen blinzelnd in die Dunkelheit auf die abgestorbenen Büsche der welken Astern, den schadhaften Zaun, den man nur so weit sieht, wie der Schein der Lampe reicht.

In manchem Hof öffnet sich eine Stalltür, eine Wolke von Milch- und Heuduft dringt unter die Dachtraufe, wo die Spatzen in federgepolstertem Nest hausen, zugleich huscht unten kalte Nachtluft zur Tür hinein und bringt das Kälbchen zum Niesen.

„Soll ich dir ein Taschentuch bringen?“ fragt Mátyás Bobori heiter und schaut liebevoll auf das Kalb, denn es ist schön. Ein Kuhkalb und kräftig – kurz und gut: Seinesgleichen gibt es im Dorf nicht. Dann zieht Mátyás seine Uhr heraus, auf deren Zifferblatt ein Zug fährt, kräuselnde Rauchwolken in die Luft stoßend, schaut nach dem Stand der Zeiger, horcht sogar an der Uhr und sagt dann:

„Verflixt!“ Schleunigst stellt er die Mistgabel in die Ecke und eilt ins Haus. Die Frau sitzt schon in der Küche. Sie sitzt da und sagt nichts, obwohl sie lieber sprechen würde ...

„Eine Minute nur“, Mátyás hastet und stößt dabei ein Glas vom Tisch, aber das Glas zerbricht nicht.

Vera schaut auf das Glas, das auf den Dielen hochspringt und unversehrt weiterrollt, und sie ärgert sich über das Glas, weil es nicht zerbrochen ist. Schwerfällig steht sie auf und greift nach dem Glas.

„Du sollst dich nicht bücken!“

„Du trittst noch drauf, in deiner Hast ... Wir kommen ohnehin schon zu spät.“

„Ich bin schon fertig.“

Draußen ist es dunkel, aber nicht kalt. Mátyás nimmt den Arm seiner Frau, denn der Weg ist glitschig, und in Kürze erwarten Boboris Nachwuchs.

„Stütz dich nur ruhig auf mich, der Weg ist glatt.“

Sie schreiten dahin. Da und dort schwenkt eine Laterne vor ihnen, und der Frau tut der kräftige Männerarm wohl.

„Ein Wunder, daß das Glas nicht zerbrochen ist, wo es sogar hochgesprungen ist! Willst du nun Miklós wirklich nicht als Pate?"

Der Arm des Mannes wird steif.

„Nein!"

Später entkrampft sich der Arm.

„Er hat dich beleidigt, nicht mich, deshalb nicht."

„Er ist immerhin dein Bruder."

„Und wenn schon! Hier, paß auf. Die Stufen sind schon alt."

Vera steigt schwerfällig die Stufen hinauf, dann löst sie sich vom Arm ihres Mannes und geht langsam auf ihren Platz. Mátyás bleibt hinten im Halbdunkel einer Säule stehen.

Die Kerzen brennen bereits, und der Weihrauch erwärmt sich allmählich. Die alten Fahnen wallen weich. Das Geräusch der Schritte verhallt auf den ausgetretenen Steinen, zwischen den Bänken wogt das Flüstern, als würden reife Weizenfelder im Morgenwind lispeln.

Mátyás lehnt sich gegen die Säule und denkt an das Kind, das sie erwarten. Er denkt an seinen eigenen Vater, der nicht mehr da ist, und denkt an die Taufe. Zum Kuckuck mit diesem Miklós – Herr vergib! –, warum mußte er Vera anschreien? Wie gut es doch klingt: Miklós. Miklós Bobori.

Aber da ertönt ein Glöckchen, und das Dröhnen der Orgel reißt die Gedanken mit sich wie der Fluß die hineinfallenden Blätter. Es ist, als würden sich die Fahnen leicht bewegen, die Lanzen der Kerzen recken sich empor, als wollten sie den Baldachin in der Höhe durchstoßen, damit das Lied leichter seinen Weg finde.

„Tauet, Himmel, aus den Höhen ...“

Der alte Pfarrer geht vor dem Altar hin und her, und Mátyás denkt an die Jahre, als er hier ministrierte. Es ist noch gar nicht allzulange her. Nun, die Zeit bleibt nicht stehen ...

Die Orgel scheint jetzt nur mit sich selbst zu sprechen, als würde sie die Gebete in der Kirche alle vereinen, und Mátyás fährt zusammen, weil ihn jemand angestoßen hat.

„Servus ...“

Aber wieder ertönen die Glöckchen, die beiden Brüder knien nieder, und als sie sich erheben, klopft sich Mátyás umständlich den Staub von den Knien.

„Und wie wird der Junge heißen?“ flüstert sein Bruder schelmisch und lächelt ihm zu.

„Wie die anderen Spitzbuben: Miklós. Aber ein rechtschaffener katholischer Christ bespricht das nicht in der Kirche ... Komm doch anschließend mit zu uns.“

Die Kirche leert sich langsam; als letzte

schreitet Vera bedächtig und ernst daher, aber ihr Gesicht hellt sich sichtlich auf, als sie die beiden Brüder beieinander sieht. Sie dreht sich um, beugt schwerfällig das Knie, nimmt dann Miklós' Arm und fragt, als sie die Kirche verlassen, an ihren Mann gewandt:

„Kommst du auch mit uns, Mátyás?"

Sie lachen, und die Augen der Frau füllen sich mit Tränen, die vielleicht vom Tau herrühren, den der Himmel aus der Höhe auf das flehende alte Gebet hin geschickt hat.

NÄCHTLICHE BESUCHER

Der Bach war im Herbst über die Ufer getreten, und die entfesselten Fluten blieben auf der Wiese stehen. Sie liefen breit, beruhigten sich, und in ihrem Spiegel betrachteten sich tagsüber die Wolken und nachts die Sterne. Später begann es zu frieren, sie hauchten Nebel in die Luft, aber der Wind vertrieb den Nebel, und der frostige Dezember zog eine Eisschicht über ihren sich kräuselnden Rükken.

„Schlaft!" sagte er und trottete auf den Wald zu. Er schüttelte die restlichen Blätter von den Bäumen, brach die morschen Zweige herunter. Die Tannen aber würdigte er keines Blikkes, die grün waren wie das Gras an den Stellen der vorjährigen Hirtenfeuer. Den Tannen konnte der Dezember nicht befehlen, und deshalb mochte er sie nicht. Mit harten Schritten ging er an ihnen vorüber und mußte sich's gefallen lassen, wenn sie mit summendem Rauschen hinter seinem Rücken lachten …

Zähneknirschend stand er am Waldessaum. Rings um ihn wirbelte eisiger Wind, und die weite neblige Flur beugte sich lautlos unter seinen beschlagenen Stiefeln.

Nur am Bachufer regte sich etwas. Auf den zugefrorenen Lachen schlitterten Kinder. Sie nahmen auf der Wiese Anlauf, und auf dem Eis wurden ihre Stiefel plötzlich leicht, als hätten sie sich von der Erde gelöst. Das heißt, bei denen, die Stiefel hatten. Jóska Borsós hatte nur Schuhe. Und was das für Schuhe waren! Hier ein Bindfaden, dort ein Bindfaden, sogar der Zipfel eines Fußlappens hing heraus. Aber seine Schuhe schlitterten, und das war die Hauptsache. Jóska flog förmlich dahin. Und immer weiter als die anderen. Es waren schon gute Schuhe, und er hätte sie auch nicht gegen die feinsten Stiefel getauscht. Gewiß, Stiefel waren warm, aber rennen konnte man darin nicht.

In der Mitte der überschwemmten Fläche stand Schilf, das hatte sich Jóska als Ziel ausersehen.

„Wenn ich wollte, würde ich so weit schlittern ...“

„So wolle doch mal!“ sagte voll Neid der Sohn des Dorfschulzen, dessen Stiefel auf der Straße, beim Gang zur Messe, zwar schön quietschten, aber hier völlig unbrauchbar waren.

Jóska nahm Anlauf. Seine dünnen Beine rannten dröhnend auf das Eis, und er schlitterte, schlitterte bis hin ans Schilf. Dort jedoch war das Eis dünner, es krachte kurz, und Jóska stand bis an die Hüften im eisigen Wasser. Schnell kletterte er heraus und schüttelte lachend das Wasser ab.

„Na, bin ich nicht bis zum Schilf geschlittert? ...“

„Doch, aber jetzt kannst du heimgehen.“

„Nicht der Rede wert“, sagte er, obwohl er mächtig fror. „Es wird wieder trocken ...“ Und er schlitterte weiter. Über ihn sollte der Sohn des Schulzen nicht lachen.

Als der Rauch der Herdfeuer, auf denen man das Abendessen zubereitete, über die Wiese zog, klirrte Jóskas dünne Hose bereits. Sie war blankes Eis.

Am nächsten Morgen bekam er Schüttelfrost, und eine unbekannte Mattigkeit schloß ihn in die Arme.

Am dritten Tag mußte man den Arzt rufen.

„Bezahlen kann ich erst im Frühjahr“, sagte die Mutter mit Tränen in den Augen und richtete ihr Kopftuch, das sie bereits zur Beerdigung ihres Mannes gekauft hatte; es war blaßgrün wie die Tücher aller Witwen im Dorf.

Der Doktor untersuchte nicht lange.

„Lungenentzündung“, sagte er und schaute zum Fenster hinaus, hinter dem der Nebel stand und bedrückende, kalte Ungewißheit. „Halten Sie sich ganz genau an meine Anweisungen, Frau Borsós. Ganz genau ... Ich schicke Ihnen Arznei."

Jóska wußte von all dem nichts mehr. Manchmal lag er im Fieberschweiß, manchmal fühlte er sich von eisigen Armen umfaßt, wenn die Mutter ihn in ein nasses Bettlaken wickelte. Da öffnete er zwar die Augen, schaute aber in eine unendliche Ferne, daß es seiner Mutter Tränen in die Augen trieb.

So kam Heiligabend heran.

Am Nachmittag herrschte tiefe Stille, denn es schneite. Das Fest stand bereits am Dorfende und wartete nur darauf, daß sich die Fenster einladend erhellten.

Manchmal erklang ein Glöckchen auf der Straße, manchmal öffnete sich eine Tür, und dann huschte ein Lichtstrahl in den Schnee hinaus, der rein war und weich wie ein festliches Antlitz.

Als es das erstemal zur Mitternachtsmesse läutete, hörte es zu schneien auf. Das Glokkengeläut klopfte leise an die Fenster, breitete sich dann über die verschneite Flur aus. Es glitt über die Wege, streichelte das seufzende Röhricht und kreiste über dem Wald, wo die Tannen in weißer Pracht standen und ihre schneegezuckerten Zapfen gern jemandem zum Geschenk gemacht hätten.

Beim zweiten Läuten begann sich das Dorf

bereits zu regen. In den Kirchenfenstern flakkerte warmes Dämmerlicht, und die alten Leute machten sich auf den Weg zur Mitternachtsmesse. Vor dem Hause von Borsós dämpften sie ihre Stimmen, denn nur Gott wußte, ob Jóska noch den Morgen erlebte ...

Die Gedanken des Dorfes bewegten sich sanft um Jóska und streichelten ihn. Doch er spürte das nicht. Seine dürren kleinen Hände fuchtelten, er rang nach Luft, sein Herz wand sich ängstlich wie in einem furchtbaren Würgegriff, und durch seine aufgesprungenen Lippen drang heißer Atem.

Beim dritten Läuten öffnete sich die Kirchenpforte. Unter den alten Gewölbebogen dröhnte die Orgel. Der flackernde Schein der Kerzen breitete sich auf den Schwingen des Gesanges aus, drang durch die Tür, und das sanfte, warme Licht zog hinaus in die Nacht.

Auf seinem Weg lachten die Sterne herunter, durch seine Berührung flammte das Feuer im Herd auf, und der am Waldessaum sitzende rauhreifbedeckte Dezember hob den Kopf. Dort über der Wiese näherte sich das Licht dem Wald.

„Es kommt hierher!“ Der Dezember sprang auf, und wie er aufstand, umgab ihn bereits das dämmernde Licht. Der Alte beugte tief das weiße, verschneite Haupt, und sein Gesicht war, wie es die fröstelnden Bäume, Sträucher und Vögel noch nie gesehen hatten.

Das Licht verglühte in der Nacht, und die Sterne strahlten dann heller.

Der Dezember aber trat an die nächststehende kleine Tanne.

„Mach dich fertig, mein Kind, bereite dich vor. Wir gehen zu Besuch."

Die kleine Tanne reckte sich beglückt.

„Bleibt der Schnee auf meinen Zweigen?"

„Freilich bleibt er auf deinen Zweigen. Wer hat schon mal zu Weihnachten einen Tannenbaum mit leeren Zweigen gesehen? Ich komme gleich zurück, wir können doch nicht mit leeren Händen gehen." Und der alte Dezember trat behende in den Wald. Aber schnell wie der Gedanke kam er wieder. Ihm folgten Reh, Hase und Fuchs, über seinem Kopf aber flatterten Vögel.

Die Vögel setzten sich auf die Tanne.

„Wir können gehen."

„Und meine Füße", trippelte die kleine Tanne. „Wie soll ich so gehen? Sie sind festgefroren in der Erde."

„Das habe ich vergessen", brummte der Alte, „aber deshalb brauchst du nicht gleich zu wehklagen ..."

Er befreite das Bäumchen, und sie machten sich auf den Weg zum Dorf. Auf dem Bäumchen saßen der Dompfaff mit roter Weste, Blaumeisen, Goldhähnchen und ein kleiner Zaunkönig, der selbst hier noch flink zwischen den Zweigen umherhüpfte.

„Er schlägt den Schnee von meinen Zweigen“, klagte die Tanne, „nicht einmal jetzt kann er ruhig sitzen ...“

„Still“, fuhr der Alte sie an, „ihr werdet euch doch nicht streiten ...“

Und von nun an herrschte Stille, nur der Fuchs sagte am Dorfende, hier kenne er den Weg ..., aber die anderen schauten ihn so vorwurfsvoll an, daß er den Kopf senkte, und man sah ihm an, daß er von schweren Gewissensbissen geplagt wurde ...

Das Dorf schien leer zu sein. Die müden Augen der Häuser hatten sich geschlossen. Über dem Schnee lag tiefer Frieden.

Nur das Haus Borsós‘ wachte noch und blickte mit roten Augen in die Nacht, aber auch die waren schon müde und gewahrten nicht, daß sich die kleine Pforte öffnete und Gäste kamen.

„Leise“, raunte der Alte mit dem schneebedeckten Bart, und als alle im Hause waren, schloß er die Tür.

Frau Borsós schlief, Jóska aber quälte sich mit brennenden Augen. Das innere Feuer zeichnete sich auf seinen Wangen ab, die aufgesprungenen Lippen flüsterten, und das Fieber trieb nur noch sein Spiel mit ihm, denn es wußte längst, daß Jóska ihm gehörte ...

„Hinaus mit dir!“ fuhr der alte Dezember das Fieber an, aber in einem Ton, daß selbst die kleine Tanne erbebte.

„Hinaus mit dir!“ Und das Fieber räumte Hals über Kopf das Feld. „Nun aber spielt!“

Müde öffneten sich Jóskas Augen, das Zimmer schwamm im kühlen Tannenduft, seine Mutter schlief tief. An der Tür stand im funkelnden Glanz die Tanne, und darauf saßen kleine Vögel in buntem Gewand ... darunter aber – oh, das kann doch gar nicht sein! – ein Hase, ein Reh, ein Fuchs ...

„Wie geht es dir, mein Kind?“ Der Alte schaute auf den Jungen.

Jóska antwortete nur in Gedanken.

„Gut ... mein Gott ... gut. Aber träume ich auch nicht?“

„Du träumst keineswegs. Spiel ein wenig mit deinen Gästen, aber tu ihnen nicht weh ...“

Und Jóska strich dem Dompfaff vorsichtig über die rote Weste, den Meisen über ihren blauen Rock, nur den Zaunkönig konnte er nicht erwischen, denn er glitt ihm stets aus der Hand, und Jóska fühlte sich ein wenig matt ... Der Alte ermahnte den hüpfenden, flatternden Zaunkönig.

„Ermüde das Kind nicht.“

Der Hase sprang auf den Stuhl, das Reh legte den Kopf auf Jóskas Kissen. Der Fuchs richtete sich auf und leckte mit seiner kühlen Zunge Jóskas Hand.

„Beißt er auch nicht? ...“

„Aber nein, mein Sohn. Er hat dich gern“, und er sah den Fuchs strengen Blickes an, als wollte er sagen: ‚Siehst du, was du für einen Ruf hast ...‘

Jóska strich dem Fuchs beglückt über den Kopf und schlief ein, ohne es zu merken.

Der Alte steckte seine Brille ein, denn er hatte inzwischen im Gebetbuch der Mutter geblättert, und gab den Tieren einen Wink: „Er ist eingeschlafen.“

Dann öffnete er die Tür, und sie huschten hinaus in die Nacht.

*

Der daunenweiche Schnee schmolz schließlich zusammen. Auf den dunstigen Äckern schritten kluge Dohlen, und als die erste Schwalbe in ihr altes Nest unter der Traufe einzog, war für Jóska die schwere Krankheit nur noch eine böse Erinnerung.

Er wußte, daß er in jener Nacht bloß geträumt hatte ...

Ostern kam heran. Tiefe Freude und Sonnenschein erfüllten Jóska. Er rannte hinaus auf die Wiese, wo die Wasserlachen bereits von Schilf bewachsen waren, von dort hinüber zum Wald, wo schon gelb die Schlüsselblumen schimmerten und sich die Tannen rauschend im Sonnenschein reckten. Eine kleine Tanne stand etwas abseits von den anderen, und Jóska betrachtete sie verwundert.

Am Rande des Waldes schwamm die Sonne in einem Feuermeer, und die Stille nahm zu. Zwischen den Zweigen der Tanne versteckte sich eine kleine Meise und lachte mit strahlenden Augen Jóska entgegen, als er das Bäumchen umschritt. Er faltete vor großem Staunen die Hände und flüsterte: „Mein Gott, wie bekannt mir das vorkommt ...“

IN DER WEIHNACHTSNACHT

Aus der Küche hörte man das Prasseln des Feuers, aber dann machte jemand die Tür zu, und in der Gaststube wurde es still. Der Rand des blechernen Lampenschirmes am gerissenen Balken bog sich stumm, und wenn die Flamme flackerte, war es, als seufzte jemand.

An den Fensterscheiben rieselte leise der sich hier in Tropfen sammelnde Dunst hernieder, die Türklinke stand schräg, als wollte jemand hereinkommen, und die Stühle um die Tische machten den Eindruck, als hätten sie sich mit ihren müden Armen am liebsten auf die Tische gestützt.

Da schlug in der Ofenecke eine Saite an. Der alte Tallér legte die Hand auf die Zimbel, denn er hatte die Saite ungewollt berührt, aber der weiche Klang hatte sich schon im Raum ausgebreitet, streichelte die Wände, schwebte in der Luft, setzte sich dann auf die Zimbel zurück wie ein müder Vogel auf sein Nest.

Zimányi hob den Kopf. Im Halbdunkel sah er den alten Zigeuner nicht, spürte aber, daß dieser zu ihm herüberschaute. Er schenkte sich ein.

„Hast du ein Glas, Tallér? Dann halt es her.“

Sie tranken. Die Lampe blinzelte, und der Zigeuner setzte sich zurück in die dunkle Ecke.

„Ach ja!"

„Warum seufzt du, Tallér?"

„Ich seufze nur so, bitte ergebenst. Worüber sollte ich mich auch freuen? Es geht alles vorbei."

„Es geht vorbei, Tallér. Aber das wissen wir ohnehin. Spiel etwas!"

„Heute?"

„Heute. Nur so für uns."

Der Wirt warf einen Blick zur Tür herein, füllte die Flasche und ging wieder hinaus.

Die Zimbel begann langsam zu sprechen. Stockend, als suchte sie in den Erinnerungen. Manchmal schrie sie auf, manchmal klagte sie laut, dann wieder summte sie wie der über die Flur streichende Wind. Zimányi blickte irgendwohin, sein weißes Haar lag weich an den Schläfen, und er dachte daran, was kommen wird, wenn einmal die Zimbel verstummt, die Lampe ausgeht und alles verlöscht …

Er hatte das Gefühl, dann wird alles gut. Er nickte versöhnt. Ja, wir werden schlafen.

Der alte Zigeuner legte die dürre schwarze Hand auf die Zimbel und blickte auf die Tür.

„Ist draußen jemand?"

Die Klinke nickte, die Tür öffnete sich behutsam. Ein Mann trat herein, dann eine Frau. Auf ihren Schultern lag Schnee.

„Guten Abend."

„Guten Abend." Zimányi nickte. „Schneit es?"

„Ja, es schneit."

„Wohin des Weges?"

„Nach Palánk. Dort werden wir erwartet, zum Weihnachtsfest."

Freilich, es war Weihnachten. Alte Weihnachtsfeste blitzten in den Erinnerungen Zimányis auf, aber sie erloschen, verschwanden schnell …

Der Wirt stellte sich vor die Wandersleute.

„Was soll's sein?"

„Wir möchten nur verschnaufen, wenn's erlaubt ist."

Die Frau blickte müde auf.

„Brot hätten wir gern. Fürs Geld."

Zimányi faßte den Wirt an der Jacke.

„Bringen Sie ihnen auch Speck … Es ist Weihnachten."

Nachdenkliche Stille setzte ein. Vor den beiden Wanderern saß ein kleines rotes Eichhörnchen auf dem Tisch und knabberte an einer Brotkruste. Mit seinen klugen schwarzen Augen sah es sich um.

„Ist es zahm?"

„Wie ein Kind. Nur drücken darf man's nicht, dann beißt es."

Zimányi stand auf, schritt schwerfällig an den Tisch und streichelte das Eichhörnchen. Das kleine Tier schnupperte an der Hand Zimányis, lief dann seinen Arm entlang und schaute ihm in die Tasche.

„Mir dreht es immer die Taschen um", sagte der Mann, „unlängst zerkaute es mir die Pfeife, das habe ich nicht gern ... Außerdem ist sie leer ..."

„Verkaufen Sie das Eichhörnchen?"

„Verkaufen mag ich es nicht, aber ich schenke es Ihnen. Es wird's besser haben ..."

Zimányi legte Geld auf den Tisch.

„Ich bin allein ... kann mit ihm spielen ... Das wird mein Weihnachten ..."

Er ließ sich vom Wirt Nüsse bringen, und das Eichhörnchen gewahrte gar nicht, als sich seine bisherigen Herren verabschiedeten.

Zimányi legte seine Pelzmütze neben das Eichhörnchen, für den Fall, daß es schläfrig werden sollte.

„Bestell noch eine Flasche, Tallér, und auch Nüsse."

Das Eichhörnchen schnupperte an dem Wein und trug die Nüsse in die Pelzmütze.

Leise klang die Zimbel. Draußen schneite es. Distelstengel vom Sommer standen an den

Wegrändern, von irgendwo aus der Ferne hörte man das Schellengeläut eines Schlittens. Auf den Pappeln schliefen Krähen, unter den Brücken rauschte sanft das Wasser, als würde es den alten Brückenpfeilern Märchen erzählen.

Zimányi schickte sich zum Gehen an. Er steckte die Nüsse in die Tasche und auch das Eichhörnchen.

„Kannst auch unterwegs fressen, wenn du möchtest."

Gemächlich schritt er heimwärts. Der Weg war wie Samt. Der Stock des Alten klopfte nicht. In sein Gesicht fielen Schneeflokken.

Am Ende des Dorfes war ein kleiner Wald, und jenseits des Waldes stand das Haus Zimányis. Es wäre schön, wenn dort eine wartende Lampe leuchtete, aber er hatte niemanden mehr.

Der Schnee war nicht hoch, dennoch fiel ihm das Laufen schwer. Zwischen den Bäumen des Waldes saß bleierner Nebel.

Zimányi blieb stehen, schlug mit dem Stock in den Schnee.

„Wie weich er ist, wie ein Kissen. Es ist auch nicht kalt ..."

Damit setzte er sich an den Grabenrand. Die Nüsse raschelten, das Eichhörnchen sprang dem alten Mann aus der Tasche und lief ihm auf die Schulter.

„Kitzle mich nicht, du, ich verschnaufe nur ein wenig."

Das Eichhörnchen sprang herunter. Der Schnee roch nach Freiheit. Die Waldesstille begann zu lispeln, und die Äste verleiteten das Tierchen zum Springen. Am Grabenrand stand ein Holunderstrauch und erwachte erschrocken, als das Eichhörnchen an ihm entlanglief.

„Was willst du?"

„Ich suche ein Quartier. Der Mann ist eingeschlafen, und ich bin ausgerissen ... Weißt du nicht, wo ich ein Quartier finden könnte?"

„Geh zur Buche."

Das Eichhörnchen schwang sich auf den unteren Ast der alten Buche.

„Der Holunder hat gesagt, du würdest mir Quartier geben."

„Ich geb' dir keins. Ich hab' keins, und wenn ich's hätte, würde ich dir keins geben."

„So wird mir's jemand anders geben."

Aber weder die Esche noch die Steineiche wollten das Eichhörnchen beherbergen. Die Vogelkirsche schüttelte nur das Haupt, die Birke schwang sogar ihre zarten Ruten. Die alte Eiche aber sagte rund heraus:

„Das darf man nicht! Frage nicht weshalb,

aber man darf es nicht. Übrigens weiß ich selbst nicht warum. Geh hin, wo du hergekommen bist.“

Zimányi schlief da schon tief am Grabenrand. Er träumte, daß eine kalte Hand unter seinen Mantel griff, aber nicht nach seiner Brieftasche suchte die Hand, sondern nach seinem Herzen.

Sein Gesicht wurde blaß, sein Kopf machte Anstrengungen, nach vorn zu fallen, aber er vermochte es nicht.

Da kehrte das Eichhörnchen zu ihm zurück. Es sprang ihm auf die Schulter und schüttelte den Schnee von sich ab, dem alten Mann in den Halskragen.

Da erwachte Zimányi. Er atmete tief, dann erhob er sich wankend. Aber was war dieses Kalte an seinem Hals? Er griff hin, und das Eichhörnchen fiel ihm wieder ein.

„Du also hast mich aufgeweckt? Wahrlich gut, daß du mich geweckt hast ...“

Er suchte seinen Stock und machte sich mit gemächlichen Schritten auf den Heimweg. In seiner Tasche raschelten die Nüsse, und als er zu Hause die Lampe anbrannte, umgaben ihn die alten Möbel.

Das Eichhörnchen sprang auf das Bettende, hockte sich nachdenklich hin, denn es wußte nicht, daß das Herz und die Tasche Zimányis für Arme, für Wandersleute und für alle Bedürftigen immer offen standen, und ein solcher Mensch durfte nicht verlassen im Straßengraben sterben.

Mann und Eichhörnchen betrachteten einander. Im Ofen summte leise der Wind, er vertrieb die Wolken, und dann herrschten drinnen und draußen große Stille und tiefer Frieden.

Es schlief der alte Mann, und es schlief das kleine Eichhörnchen in der Weihnachtsnacht.

DIE WEIHNACHTSKERZE

Es war schon bewölkt, als der Morgen heraufdämmerte, und seitdem zogen die Wolken noch tiefer, aber es regnete nicht. Die Stadt war kalt, schmutziggrau. Wenn der Wind die Straßen entlangfegte, setzte sich winterlicher Staub auf die Fenster, und in den Auslagen glitzerten die Geschenke vergeblich. Schläfrig holperten die Wagen über das Pflaster. Der Verkäufer bot die kleinen Weihnachtsbäume ohne viel Überzeugung feil, der Markt summte nur, war nicht laut vom fröhlichen Treiben, und niemand jauchzte frohgelaunt. Selbst die Fische am Stand des Fischhändlers lockten nicht zum Kauf, sie lagen nur da und stierten mit starren Augen gelangweilt auf die Käufer.

Die Häuser gähnten förmlich; die Zimmer blickten mit vorgetäuschter Erwartung dem Abend entgegen, die Straßenbahnen fuhren fast widerwillig hin und her, und in düsteren Gasthäusern dachten schläfrige Kellner an zu Hause.

„Eigentlich müßte man nach dem Mittag schließen“, brummte Herr Ballagó, der Besitzer, „eigentlich ...“ Und er blätterte raschelnd in der Zeitung, die er aber wegen des schlechten Lichtes nicht mehr lesen konnte. Die Gaststätte war leer. Herr Ballagó schaute auf die Straße, sein alter Kellner schaute auf Herrn Ballagó, und beide waren richtig froh, als Milike hereinrief, man habe den Weihnachtsbaum gebracht. Mit dem Baum fiel ihnen der Wald ein, mit dem Wald der Winter und mit dem Winter der Schnee. Alles zusammen: ein schöner, verschneiter Winterwald.

Doch von der Küche her drang kalter Speisegeruch herein und befleckte gleichsam ihre weißen Gedanken.

„Ist der Herr Schulmeister noch da?"

„Ja", antwortete der Kellner gähnend, „er spielt mit diesem kleinen Dingsda und wartet auf den Wagen."

„Und brennt das Licht ..."

„Nein, er hat kein Licht; denn bei Licht kann man die Bilder nicht sehen. Nur, wenn man sie gegen das Fenster hält. Dann sieht man den Mailänder Dom und die Tänzerinnen von Hawaii ..."

Ballagó winkte nur ab, und der alte Kellner sagte auch nichts mehr. Gähnende Stille legte sich auf die Gaststube. Die Stühle standen in müder Traurigkeit da, der Ofen hütete die Wärme vom Vormittag, die Aschenbecher hauchten kalten Tabakrauch in das Halbdunkel. Es war, als hätte man fernes Geschirrklirren vernommen, und im Extrazimmer schaute Látráni blinzelnd in das Glasfenster des Panoramas, das wunderbare Dinge zeigte.

Látráni, der alte Schulmeister, hatte das Spielzeug nicht für sich gekauft – wo hat ein pensionierter Kantor acht Gulden für sich übrig? –, sondern für den Sohn seines Nachfolgers, dem er immerhin ein Geschenk mitbringen mußte – wenn sie den Alten nicht überhaupt ganz vergessen hatten.

Der Wagen aber kam vorerst nicht, deshalb betrachtete er in der kleinen Schachtel die Thunfischer der Adria, dann zog er kurz am Hebel – das war alles –, und schon konnte er den kanadischen Holzfällern zusehen.

„Was für riesige Bäume!" Der Alte staunte, mit einem Auge jedoch spähte er nach der Straße, ob der Wagen aus dem Dorf ihn holen kam, ob er heute Weihnachten haben würde oder ob die Welt in graue Traurigkeit verfiel und ob nun auch der Heiligabend der Vergangenheit angehörte, wie alles andere auch.

Sein müdes Auge sah die Wunder in der kleinen Schachtel kaum noch. Gab es denn noch Wunder auf dieser Welt? Leben war um ihn gewesen, Frau, Kinder, Träume, Sehnsucht, aber alles war vergangen. Das Ganze währte nur einen Augenblick, einen Augenblick das Lachen, einen Augenblick das Weinen und – er war allein geblieben.

Niemanden gab es, zu dem er gehen konnte, niemanden, der ihn besuchte. Die Tage strahlten nicht mehr hell, und die Nächte waren nicht dunkel, alles war schattiggrau, und wenn jetzt dieser Wagen auch nicht käme ...

Der alte Schulmeister betrachtete das Panorama.

Jetzt sah er es ein wenig besser; als wäre es etwas heller geworden, und wenn er die Bilder schneller wechselte, schien es ihm, als würden sich die Menschen darauf bewegen.

„Das sollten Sie kaufen!" hatte der Händler es ihm angepriesen. „Die Bilder sprechen fast, wenn man sie betrachtet."

Das stimmte auch. „Glockenspiel in Venedig" hieß das Bild, und er glaubte, die Glokken zu hören und den Flügelschlag der Tauben ...

„Weihnachten in Norwegen": verschneite Wälder, lauter regungsloses Glitzern, eine kleine Kirche am Hang, und drinnen sangen rauhe, andächtige Stimmen den Psalm.

‚Sie singen schön', dachte er, ‚nur anders als wir, aber doch schön.'

Jetzt drängten sich andere Bilder auf.

„Die Kurrende", flüsterte der alte Mann, und er fühlte förmlich den Schnee, den der

Wind dahinwehte. Die Distelstengel am Wegesrand neigten sich, die Knaben im großen Pelz stapften schwerfällig dahin, an den Stökken klirrten die Ketten, aber die Gesichter der Kinder waren gerötet, und sie umgaben schützend die aus Papier geklebte kleine Kirche, damit der Wind sie nicht forttrüge.

‚Lange ist es her, sehr lange', dachte er, hob aber plötzlich den Kopf, denn das nächste Bild zeigte ein Schaufenster, ein glänzendes, großes Schaufenster, und ein kleiner Junge starrte auf die Rosinen und Weintrauben, auf den großen Berg erfrischender Apfelsinen. Er drückte die Nase gegen die Scheibe ...

„Scher dich fort hier, mein Sohn", rief mürrisch jemand aus dem Laden, „verschmier mir nicht die Scheibe."

Der Junge wich zurück, aber jemand faßte ihn an der Hand.

„Jetzt gehst du gerade nicht!"

Es war ein stattlicher Mann in großen Stiefeln. Er trug eine Pelzmütze, und seine Nase war gerötet.

„Hier hast du Geld, kauf dir etwas. Wenn dich jemand fragt, von wem du es hast, so sag, Pettendy, der Seiler, hat dir's gegeben. Nimm!"

„Wunderbar", Látráni schüttelte den Kopf. „Ob es denn noch solche Menschen gibt?"

Der Junge stand da mit dem Geld, Pettendy aber winkte ihm aus der Tür der Schenke „Zum gefeilten Hufeisen“ fröhlich zu.

„Und wenn sie es nicht glauben wollen, ich bin hier drin.“

Die Tür hinter ihm schloß sich, und alles war vorbei.

‚Wunderbar‘, wollte der alte Schulmeister denken, aber in dem Panorama gab es noch ein Bild. Ein ärmliches Zimmer. Am Fenster saß eine alte Frau in abgetragener Kleidung in eine Decke gehüllt. Vor ihr stand ein Tischchen, alt und abgenützt wie ein Beichtstuhl. Hoch oben brannte irgendwo eine Glühbirne, und ihr Schein fiel trostlos herunter.

Mitten im Zimmer stand ein Mädchen.

Weder schön noch häßlich. Es war jung, seine Augen leuchteten, durch seine winzigen Gesten bewegte sich die Luft. Im Zimmer war alles weich, zerschlissen, morsch, aber das Mädchen stand wie eine Schwertklinge.

„Ich gehe fort, Großmutter.“

„Heute?“

„Heute oder ein andermal: es ist einerlei.“

„Am Heiligabend?“

„Am Heiligabend, so hat wenigstens eine von uns Heiligabend.“

„Wenn mein armer Sohn noch lebte, er würde dich ohrfeigen.“

„Deshalb gehe ich, Großmutter, damit mich jemand ohrfeigt. Oder etwas anderes macht ... doch irgend etwas muß geschehen! Ich halte das nicht mehr aus. Die Miete habe ich bezahlt ..."

Die alte Frau sagte kein Wort. Ihre Augen waren trocken, aber sie weinte. Das Mädchen ertrug sogar dieses schreckliche Weinen.

Es ging zu dem Tischchen und küßte der Greisin die runzlige Hand.

„Auch das Mittagessen habe ich für einen Monat im voraus bezahlt."

„Und dann?"

... Nebel. Der Nebel stieg so plötzlich im Zimmer auf, daß Látráni die Antwort nicht hören konnte, obwohl er sehr neugierig gewesen wäre zu erfahren, ob das Mädchen wegzugehen wagte.

‚Heutzutage ist alles möglich', dachte er und betätigte unwillkürlich den Hebel des Panoramas.

Es drehte sich schwer.

‚Es wird doch nicht kaputtgehen', dachte der Alte erschrocken, dann aber rückte das Bild auf seinen Platz, die Tür, das Fenster, das Zimmer, das kärglich war und sauber wie eine Sakristei.

Ein junger Mann zündete gerade die Kerzen an einem kleinen ärmlichen Weihnachtsbaum an, und seine Frau sah ihm aus der Küchentür zu. Neben ihm auf einem hohen Lehnstuhl saß ein Mädchen.

Langsam flammten die beiden Kerzlein auf, der kleine Baum hatte nur zwei Äste, dann begann eine Wunderkerze zu sprühen, und der Mann fing an, mit dem Mörser zu läuten.

„Das Christkind ist da, Agnes."

Das Kind streckte die Hände aus, in seinem zarten Gesicht spiegelten sich Märchen und unausgesprochene Gebete, in seinen grünen, blinden Augen lag graue Vergessenheit.

Es streckte beide Hände aus, als wollte es das Christkind an sich drücken.

„Ich war artig ..."

Die beiden Erwachsenen schauten sich an. Die Augen der Frau wurden feucht wie der trübselige Wanderer im Herbstregen. Das Gesicht des Mannes zuckte.

„Deshalb hat das Christkind dir diesen schönen großen Baum gebracht ..."

Das Gesicht des Mädchens bewegte sich. Der Blick der toten Augen richtete sich zum Himmel empor.

„Ich sehe ihn!"

Der Kopf Látránis schlug auf der Tischplatte auf, und seine Faust war feucht.

Draußen näherte sich mit der Dämmerung der Abend.

„Herr Schulmeister, der Schlitten ist da!“

Látráni hörte gar nicht zu. Er schaute in die Dunkelheit, die weich war und ungewiß.

Das Licht leuchtete auf.

„Herr Schulmeister, ich bin da.“

Látráni schaute erst auf die kleine Schachtel des Panoramas, dann auf das Bürschlein, von dessen Pelzmütze der geschmolzene Schnee perlte, und hinter ihm stand Lajos, der alte Kellner.

„Der Schlitten ist da!“

‚Ich bin eingenickt‘, dachte der alte Schulmeister, aber er sagte es nicht, denn was würde Gyuri, der Kutscher, denken, dessen Vater schon zu ihm in die Schule gegangen war, und was würde Lajos denken, der frohgestimmt war und unternehmungslustig wie in alten Zeiten.

‚Ich bin eingenickt, und inzwischen hat es angefangen zu schneien. Im Dorf vielleicht sogar schon eher ...‘

„Was gibt es Neues, Gyuri?“

„Ich bin da, Herr Schulmeister.“

„Nun, dann können wir fahren.“

*

Das grelle Licht der Stadt blieb hinter ihnen, und der Wind trug ungehindert den Schnee über die weiten Felder. Die Bäume neigten sich rauschend, der leise knirschende Schlitten ließ eine Spur zurück, die der Schnee bald wieder bedeckte.

„Bist heute spät gekommen, Gyuri.“

„Ja, Herr Schulmeister, es ist spät geworden, aber wir wußten nicht, ob wir den Wagen nehmen sollten oder den Schlitten, denn es hatte gerade angefangen zu schneien. Aber zur Mitternachtsmesse kommen wir zurecht. Hüh, Hóka, heb die Beine!“

Es war schon Abend, doch es wurde nicht dunkel, und der alte Schulmeister dachte während dieser Fahrt über frühere Fahrten nach, über Fahrten, die vergangen waren wie die Zeit selbst. Sie waren vergangen und rannten jetzt dennoch neben dem Schlitten her und sprachen wie jene Bilder in dem Panorama.

‚Richtig, das Panorama!‘

Nein, er hatte es nicht vergessen. Lajos hatte es schön eingepackt, und nun reisten der Dom von Mailand und die Tänzerinnen von Hawaii zusammen mit ihm. Ja. Das waren zwar ferne Dinge, aber sie waren doch hier, sprachen zu ihm wie die vergangenen Zeiten, die es eigentlich nicht mehr gab und die dennoch gegenwärtig waren.

Dort stand der alte Baum, an dem Ráday, der Polizeikommissar, zwölf Räuber hatte aufhängen lassen, es konnten auch dreizehn gewesen sein, aber Märchen und Erinnerungen lieben gerade Zahlen.

Hier war schon der Wegeinschnitt, wo man seinerzeit einen alten Juden um einen silbernen Zwanziger umgebracht hatte, denn – wie es sich später herausstellte – das war alles, was er in seiner Geldbörse hatte. Seither spukte der Geist des Alten in jener Gegend, was Látráni ungerecht fand; bei solch kaltem Wetter müßten eher die Geister der Mörder spuken, wenngleich man sie in ihren weißen Laken in der schneebedeckten Landschaft gar nicht sehen könnte.

Hier rauschte schon der Rundwald, wo man zu seiner Zeit noch das Maifest feierte, und ihm schien – es war unglaublich –, als würden die Linden erblühen, die Bienen summend von einer Blüte zur anderen fliegen, bunte Bänder im Winde flattern und Musikklänge die Gegend einhüllen.

Dabei schneite es in dicken Flocken!

Der Wind hatte sich indes gelegt. Der Schlitten glitt weiß durch die weiße Welt, und auf dem dampfenden Rücken der Pferde saß die Zeitlosigkeit.

„Kommen wir zurecht, Gyuri?“

„Aber ja, Herr Schulmeister. Sollten wir uns ein wenig verspäten, werden sie warten. Aber wir kommen rechtzeitig! Hüh, Hóka!“

‚Man wartet also auf mich', dachte der alte Lehrer, und plötzlich empfand er den Pelz wärmer, den ihm sein Nachfolger geschickt hatte.

Man wartete mit der Mitternachtsmesse, damit die alte Orgel wieder unter den Händen des alten Kantors ertönte und das Lied der Engel erklang.

Der Schlitten glitt durch die endlose Welt, voran das Schellengeläut, und es schien, als würden die Bäume aus dem Weg gehen, damit der alte Kantor rechtzeitig ankam, dabei standen sie fest am Wegrand ...

Und sie kamen rechtzeitig!

Der Lichtschein aus der Kirche fiel auf den Schnee heraus wie eine golden schimmernde ausgestreckte Hand, drinnen herrschten Stille und Geflüster, der Geruch nach Leder und nach Erde, und während der Alte die ausgetretenen Stufen zum Chor emporstieg, streichelten ihn die Menschen mit ihren Blicken. Sie würden ihn auch mit der Hand streicheln, doch das war hier nicht üblich.

Die Kerzen brannten schon, der alte Glöckner brachte eilig die Nachricht in die Sakristei, daß die Messe beginnen könnte, und als die Glöckchen verklangen, brauste die Orgel auf wie früher, als wäre sie nie verstummt, als hätte sie lautlos fortgetönt, irgendwo in der

Tiefe der Erde oder hoch oben in den Lüften. Auf die Berührung der Tasten hin brachen die Töne dann wieder auf, vereinten sich und strebten auseinander auf dem Weg, den die Menschen gehen müssen, müde und sündig, fallend und wieder aufgerichtet, aber immer nur auf diesem einen Weg, denn einen anderen gibt es nicht auf dieser Welt. So kreisten die Gedanken des alten Kantors, während seine Finger über das Instrument glitten: Nun ist alles gut und alles möglich. Der Händler jagte das hungrige Kind nicht von seinem Schaufenster weg, die Enkelin verließ am Heiligabend nicht die Großmutter, das kleine Mädchen war nicht blind, und der Weihnachtsbaum war so groß und so reich geschmückt, wie das Kind ihn sich vorstellte ... Es gab nun kein Übel und keinen Schmerz mehr auf dieser Erde, denn aus der endlosen Ferne des Glaubens schaute ein neugeborenes Kind mit den Augen Gottes durch das irdische Panorama der Kirche, auf alle Seelen, über die ganze Welt und verkündete leise:

„Friede!"

EPILOG

Wenn bei Tagesanbruch oder in der Abenddämmerung der Wind den Schnee über die Wege treibt und rauhreifüberzogene Zweige an mein Fenster klopfen, nistet sich das Verlangen nach Einsamkeit in meinen Gedanken ein. Ich möchte dann in einem alten Hause wohnen, das an einem Hügel lehnt und weit ins Land hinausschaut. Im Ofen prasselte Feuer, und ein kleiner Vogel setzte sich auf den Fenstersims. Er klopfte an der Fensterscheibe und brächte mir längst vergessene Verse in Erinnerung.

Der Winter ist da, es pfeift der Wind,
er rüttelt an den Zweigen...

Dann flöge das Vöglein fort, zurück in die Vergangenheit, und ich bliebe allein.

Ich bin kein Pfeifenraucher, aber dann würde ich mir eine Pfeife anzünden, leise auf- und abgehen, betulich hantieren und vielleicht auf Gäste warten.

Über träumenden Wäldern zögen Krähen, und in den Ecken und Winkeln meiner Stuben seufzten die alten Möbel. Auf meiner Liegestätte läge ein abgenütztes Wildfell, und wenn ich nachts erwachte, erhellten die aufflackernden Flammen des heruntergebrannten Feuers zitternd die Stube. Ich schaute in die glimmende Glut; im Schornstein heulte der Wind, und die alte Kuckucksuhr verkündete heiser die zwölfte Stunde ...

Stille ... Stille ... Und ich wartete auf Geister, auf längst dahingegangene teure Seelen, auf Erinnerungen und Träume.

Bis zum Morgen füllte klafterhoher Schnee weich die Täler, und auf dem endlosen Weg erklänge das Schellengeläut eines Schlittens. In ihm säßen liebe Gäste, leise sprechende alte Herren, die nur noch in meinen Erinnerungen leben. Doch der Schlitten führe weiter, aber die freudige Erregung des Wartens auf liebe Gäste bliebe in mir, wüßte ich doch genau: Ihr Schlitten mit den beiden Schimmeln und dem Kutscher Pista gleitet schon in himmlischer Höhe ...

Und jenseits des Berges, im Tal versenkt, gäbe es ein kleines Dorf, wo zur nächtlichen Stunde die roten Fensteraugen zitterten, und zu Tagesanbruch wäre das Morgengeläut bis hierher zu hören.

Wenn sich dann die Dämmerung über die weiten Wege senkte, brächte mich der Schlitten in dieses Dorf, wo man mich erwartete, vielleicht mit träumerischer Liebe, vielleicht nur zu einer Tarockpartie.

Der Schlitten würde zu einem Gutshaus mit einem alten, baufälligen Zaun einbiegen, heiser schlüge der Hund Sajó zwei- oder dreimal an, und auf den Zweigen des Fliederbusches säßen Rotfinken wie Blutstropfen, wie die aufglühenden Perlen der Erinnerungen auf den vom Schnee bedeckten Feldern der Vergangenheit.

Im Kamin loderte das Feuer, das mehr leuchtete, als daß es wärmte, wehmütige Melodien erfüllten die Stille, die schon lange in den Winkeln hauste und mir einen rauhreifüberzogenen Mistelzweig an den Hut steckte zum Zeichen, daß der Winter gekommen sei.

Ich küßte die welke Hand und ginge gesenkten Hauptes und verschleierten Auges zum Schlitten zurück, wo mich die alten Falben fragend anschauten, wo ich so lange geblieben wäre ...

Ich kehrte beim Dechanten ein, wo Zigarrenrauch kräuselte, blau und kalt wie an Herbstabenden im Bruch, wenn die Hügel mit dem Fuß im Nebel stehen und der Wind klagend in den Lüften heult.

Und draußen schneite es. Der Schnee auf dem Fenstersims wüchse zum Kissen an und verdeckte die Welt, die stumm wäre und erfüllt mit geheimnisvollem Halbdunkel wie die Sakristeien sonntags gegen Abend.

Manchmal dünkte uns dann doch, als kämen Schlitten mit Schellengeläut die Straße entlanggefahren, als hielten sie vor dem geöffneten Tor, aber vergebens schauten wir auf die Tür, niemand käme herein, nur die zauberhaften Schatten der Dämmerung.

Dann aber führe ich nach Hause. Niemand würde mich zurückhalten. Fröstelnd hüllte ich mich in meinen alten Fuchspelz, der so oft zu Hochzeiten gefahren war und zum Leichenschmaus; und ich riefe: „Hüh, Kesely!"

Ruckend setzte sich der Schlitten in Bewegung. Die kleinen feurigen Augen des Dorfes wären nun erloschen, hätten ihre Lider geschlossen, von ferne schlüge die Turmuhr, das Schellengeläut klänge nur manchmal, wie wenn man zu nächtlicher Stunde mit dem Leib des Herrn unterwegs ist.

Ich würde fahren, fahren ...

Am Wegesrand schaukelten Krähen auf den Pappeln, die wie Wachposten dastanden, und es käme mir vor, als betrachteten die schwarzen Vögel mich.

Warum sehen sie mich an?

„Hüh, Kesely! Wir wollen eilen! Daheim erwarten mich ein warmes Zimmer, ein weiches Bett, prasselndes Feuer und teure Erinnerungen."

Aber die Pferde kommen kaum noch vorwärts. Der Schnee liegt klafterhoch, und es schneit, schneit ununterbrochen.

Der Schnee begräbt das ferne Heim, das Kaminfeuer, die Erinnerungen. Er begräbt den Weg in die Vergangenheit und in die Zukunft, begräbt die Träume, die Freuden und die Gesichter der Freunde. Die Pferde stehen schon, und rings um den Schlitten wächst der Schnee zu einem kleinen Hügel an.

... Wir sind angekommen.

Hoch in den Wipfeln der Bäume heult der Wind, hocken die schwarzen Vögel, warten auf neue Reisende.

Auf alte Reisende – auf alten Wegen.